시호와 러스티

시호와 러스티

백수현 지음

미메시스+

차례

SHIHO

<u>시호</u> 한창 호기심도, 자기중심성도 강해지는 세 살의
여자아이로 겁도 조심성도 많은 편이다. 물웅덩이에서
신발과 양말이 다 젖도록 첨벙첨벙하기, 현관문 비밀번호와
엘리베이터 버튼 누르기, 개미 구경하기, 노래 흥얼흥얼 따라 부르며 엄마
아빠에게 율동 가르쳐 주기 그리고 빵을 좋아한다. 엄마가 무언가 잘못하거나
실수를 하면 <괜찮아 엄마, 다시 하면 돼>라고 말할 줄도 알고, 바람에 나무가
흔들리면 <엄마, 나무가 시호한테 인사한다!>라는 예쁜 말도 들려주면서 엄마의
마음을 톡톡 두드리고 매만져 주곤 한다.

<u>러스티</u> 포인트로 앞머리 몇 가닥만 길게 자라는 믹스견으로 순하고
배려심이 많다. 너무 짖지를 않고 소심해서, 유기견이라 상처가
많아서 그런 건지 걱정이 되었다. 동물 병원에 물어보니 개들도
타고난 성격이 있는데 이 아이는 천성이 착한 아이라고 했다.
시호 장난감에는 절대 입을 안 대고, 시호가 낮잠에서 깨어나면   Rusty
가장 먼저 꼬리를 흔들면서 다가가 핥아 주는 든든한 시호의 언니이다.
반면 캠핑이나 산책을 나가면 네 발이 안 보일 정도의 엄청난 속도로 뛰며
발광을 하는 두 얼굴의 강아지이다. 오래오래 함께 있어 주길.

시호 아빠 하고 싶은 게 많은 중년의 디자이너이다. 끄적끄적 그림 그리는 것과 글 쓰는 것을 좋아한다. 종종 먼 산 바라보며 멍해 있는 것과 숲길을 유유자적 걷는 걸 좋아하는 정적인 남자다. 예민하고 걱정이 많은 아내에게 너털웃음을 지으며, 다 잘될 거라고 말하는 긍정의 아이콘이다. 히어로물은 반드시 챙겨 봐야 하고 스타워즈 마니아인 오덕후의 기질도 가지고 있다. 아이에게는 고난이도 연기력을 선보이며 숨바꼭질의 기쁨을 주고, 무엇이든 뚝딱뚝딱 고쳐 주고 만들어 주는 만능 해결사이자, 엄마보다 더 따스함을 주는 아빠다.

timo

egg

시호 엄마 7년 정도 회사 생활을 하다가 시호를 낳고 전업주부이자 엄마가 되었다. 처녀 시절에는 아이들을 별로 좋아하는 편이 아니었고, 밖으로 나다니는 것, 노는 것, 술 마시는 것을 좋아했다. 아이를 낳고 나서 알게 된 무한한 사랑과 책임감, 처음 느껴 보는 기쁨과 무료함 같은 것들을 글과 사진으로 기록하곤 했고, 그것이 어느새 취미가 되었다. 시호와 러스티를 데리고 산책하기, 숲속에서 캠핑하기, 아이 재우고 맥주 마시기를 좋아한다.

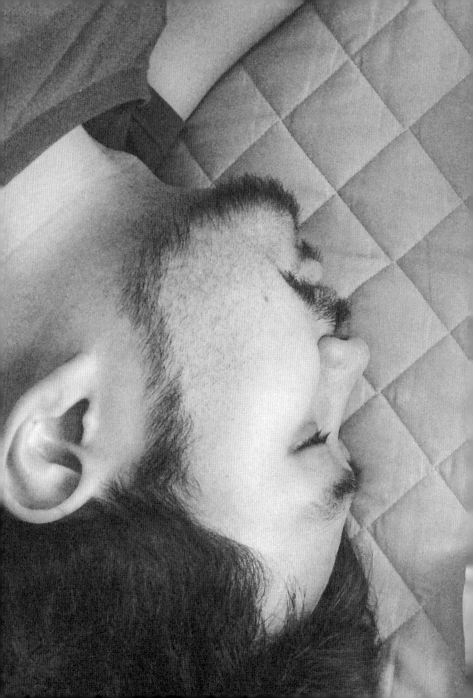

2014.2.19

출산

그날은 참 밖으로 나가고 싶었다. 꽃이 유난히 보고 싶어서 무거운 몸을 이끌고 버스를 탔다. 꽃 시장을 몇 바퀴 돌며 구경을 실컷 했고, 튤립과 유칼립투스를 사 들고 집으로 왔다. 꽃을 병에 꽂으며 얼마나 즐거워했는지. 서툴지만 내가 꽂은 꽃이라며 남편에게 사진도 보냈다. 내친김에 러스티와 산책도 하고, 집 안 정리도 하고…, 참 바지런한 날이었다.

새벽, 예상치도 못하게 아가는 신호를 보냈다. 예정일은 아직 많이 남았는데. 꽃 시장도 더 갔다 오고 싶은데. 그래도 우린 생각보다 침착했다. 병원에서도 웃으며 농담을 했고, 자궁 문이 꽤 열렸는데도 잘 참는다고 칭찬을 받아 으쓱하기도 했다.

병원보단 집이 편할 것 같아 집으로 왔다. 러스티도 챙겨야 했으니까.

진통이란 건, 쉬는 시간이 있어서 너무나 고마웠다. 가방을 싸고, 러스티 예방 접종을 하고, 마지막으로 먹고 싶던 라볶이도 먹었다. 참을 만큼 참았을 때 러스티 호텔링을 위해 직접 러스티를 안고 동물 병원 문으로 들어섰다. 진통하며 개를 안고 들어오는 내 모습에 거기 있던 사람들도 적잖이 놀랐을 것이다.

병원으로 향하던 길, 뒷좌석에 누워서 처음 겪는 고통을 받아들이며 서울의 하늘을 봤다. 밤의 불빛이 천천히 눈앞으로 지나쳤다. 잘할 수 있을 거야. 잘할 수 있게 도와주세요. 하지도 않던 기도를 그날 입 밖으로 참 많이도 내놓았다.

병원 도착 후에도 진통은 계속되었다. 나한테도 그런 소리가 나올 수도 있구나. 참으면서 터져 나오는 괴성이 이런 거구나.
속으로 그런 생각을 했다. 물속에도 들어갔다가, 짐볼 위에도
누웠다가, 진통 의자에도 앉았다가, 변기 위에도 앉았다가,
음료수도 먹고 음악도 들었다. 무통 주사 없이 원했던 자연주의
출산을 했다. 텔레비전에서 보던 황홀한 출산이란 건 잘 모르겠지만
차가운 출산이 아니어서 좋았다. 그리고 진통은 적어도 사지를
찢는 고통은 아니었다.
2월 19일, 새벽 1시. 뜨끈뜨끈하고 빨간 아가가 배 위에 올려질 때,
처음 들었던 생각은 <입체 초음파랑 똑같이 생겼어!>였다.
신기하고, 나른하고, 추웠던 느낌들이다. 벌써 한 달이 다 되어
가는 그날의 기억을 기록한다.

2014.3.1 임신 기간 동안의 변화와 신기함, 출산의 고통과 경이로움을
지나 이제는 정말 작은 표정 하나로도 마음이 뒤흔들린다. 이런
안녕, 종류의 사랑하는 감정은 처음 느껴 봐서 하루에도 몇 번씩 속이
반가워 울렁거린다. 마치 아무것도 바라지 않는 무조건적인 짝사랑과
비슷하려나. 사랑한다, 우리 딸.

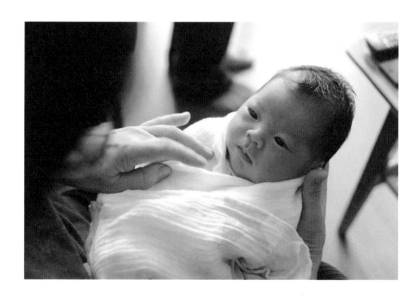

2014.3.14

애를 키운다는 것

애를 키운다는 것은 자신을 내려놓는 것 같다. 바르르 떨리는 사시나무 같았던 출산의 고통이 물론 있었지만 그것이 소위 황홀한 출산이거나 모성애를 팍 심어 주는 경험은 아니었다. 그때는 이제 끝났구나, 이 뜨끈한 것이 내 속에 있었다니, 하는 신기한 느낌이 드는 정도였다. 고작 이십 일이 조금 넘는 시간 동안 이 작은 것과 지내며 내 평생, 어떤 생명체가 이렇게 내게 오롯이 의지했던 적이 있었을까 하는 생각이 자주 들었다. 많이 미숙한 나를 엄마라며 찾고, 젖을 먹고, 그로 인해 살찌는 걸 보면서 나는 조금씩 모성애란 걸 키워 가고 있다.

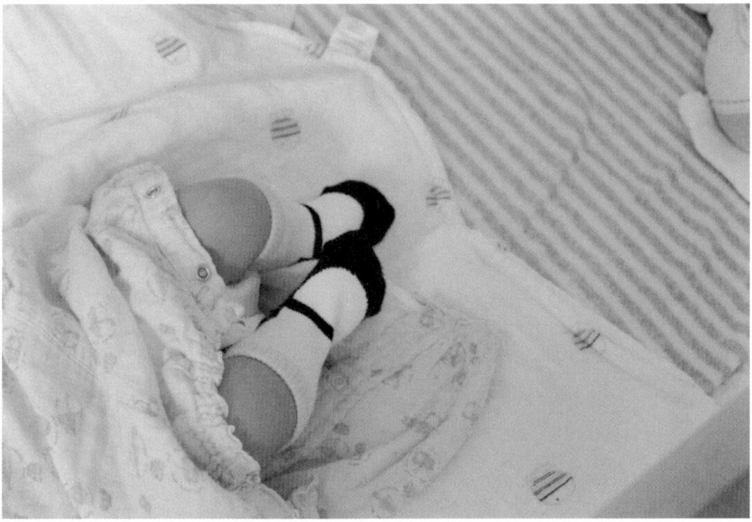

2014.3.18	시호, 무럭무럭 건강하게 커서 러스티랑 산책하자.
	소중한 가족이니 따뜻하게 대해 줘야 해.
시호와	러스티, 지금은 조금 우울하고 힘들겠지만
러스티의	조금만 참고 이겨 내자.
만남	항상 힘을 줘서 늘 고마워.

2014.3.19

우리 엄마

출산한 날 새벽 3시, 좀처럼 잠이 오지 않았다. 진통 때부터 괜히 연락드리면 걱정하실까 봐 양가 부모님께 알리지 않았는데 낳고 나니 기쁜 소식을 빨리 알리고 싶었다. 맞은편에서 지쳐 자고 있는 남편이 아침에 되자마자 얼른 전화를 해줬으면 했다. 그렇게 밤을 지새우고 아침이 되어 전화를 걸었다. 수화기로 <엄마> 하고 부르자 엄마는 울기 시작하셨다. 진통부터 출산까지 눈물 한 방울 안 났었는데 참았던 눈물이 복받치듯이 쏟아졌다. 그렇게 한참 동안 엄마와 나는 아무 말 없이 울었다. 그 소리만으로도 서로에게 무슨 말을 하고 싶은지 알 것 같았다.

내 딸아, 너무 아팠지? 수고 많았다. 네가 너무 대견하다. 엄마, 이렇게 아프게 나를 낳아 주고 키워 줘서 너무 고맙고 미안해요. 조카를 돌보느라 나의 산후 조리를 도와줄 수 없던 엄마는 조리원에 올 때는 꼭 나 먹을 간식을 싸오셨다. 기운 없는 딸이 조금이라도 먹기 쉽게 준비한 한입에 쏙 넣을 수 있게 다듬은 딸기, 껍질을 다 까고 곱게 썬 고구마. 그러고 보면 지금까지 쭉 엄마는 나를 그렇게 키워 오셨다. 조리원 방에 멍하니 앉아 그 간식을 바라보고 있자니 이제야 좀 엄마 마음을 알 것 같았다. 사랑해요. 엄마.

2014.3.27 시호가 커서 아빠 같은 사람이랑 결혼하고 싶다고 하면 좋겠다.

결혼 후 대부분을 즐겁게 놀며 보낸 우리에게 <임신>이라는

시호 아빠 현실이 다가온 뒤, 현실과는 거리를 두고 살고자 했던 우리는

어느 정도 타협과 조정이 필요했다. 처음 겪어 보는 일들이

계속되는 지금도 그 내적 갈등은 가열하게 진행 중이다. 그럼에도

불구하고 남편은 우리 가족이 함께할 수 있는 그 무언가를

끊임없이 꿈꾸고 계획하고 제안하고 있기에 아직 많이 두렵고

힘든 초보 엄마인 나는 그를 믿고 간다, 오늘도.

2014.5.19	터질 것 같은 볼살
	송편 혹은 만두 같이 한입에 쏙 들어갈 것 같은 뽀얀 발
잊고 싶지	단풍잎 같은 작디작은 손
않은	옹알이할 때 소리 나는 거품침
것들	위로 솟은 머리카락

이 없는 잇몸

울기 전에 삐쭉거리는 표정

입 벌리고 자는 얼굴

팔을 위로 뻗으면 정수리에 닿을까 말까 한 짧은 팔

뽈록한 배

무릎 부분을 마사지해 주면 쭉 뻗는 두 다리

서 보겠다고 용쓰는 발꿈치

토실토실한 궁둥이

그보다 더 토실토실한 턱

목욕할 때 보여 주는 맹렬한 표정

꽉 쥐고 있는 손가락 사이로 가끔 끼는 먼지

단연코 웃는 얼굴

처음 보는 것을 볼 때의 멍한 표정

기분 좋을 때 사방으로 움직이는 팔다리

말해 보겠다고 움직이는 입 모양

또 그때 힘이 들어가는 콧구멍

배냇짓하면서 보여 주는 배우 뺨치는 표정들

응가할 때 산모를 능가하는 표정

발바닥에 뽀뽀하면 오므라드는 발가락

내 배 위에서 쌔근쌔근 자는 모습

옹알이할 때 들려주는 고운 목소리

2014.5.29

백일

가끔은 너랑 연애를 하고 있는 것 같다. 하루하루 너랑 시간을 보내며 네가 보여 주는 작은 변화에 격한 기쁨을 느끼기도 하고, 행여 고운 얼굴에 상처라도 날까 노심초사하고, 열이 조금이라도 나면 그 작은 몸이 아플까 밤새 걱정하며 지켜보고, 극도의 피로를 주면서도 배시시 웃는 미소 한 방으로 사르르 녹아 내리게 하는 밀당의 고수, 너란 녀석. 네가 태어난 후 달력을 세어 가며 백일을 기다렸다. 소위 <백일의 기적>을 기대한 것도 있지만, 무엇보다 백일 동안 아프지 않고 무탈하게 잘 커주었다는 것이 높은 언덕을 무사히 넘은 것 같아서 어느 때보다도 기쁘고, 벅차고, 감사하다. 백일 축하해. 시호야.

그리고 시호의 등장으로 혼란스럽고 스트레스 받았겠지만 잘 참고 적응해 준 러스티도, 매일 왕복 세 시간이 넘는 출퇴근길과 바쁜 회사 일에도 불구하고 힘든 내색 안 하고 퇴근하자마자 밥 차리고 시호 목욕시키고 청소하고 징징대는 나까지 위로하느라 몸이 세 개라도 부족했을 나의 남편 시호 아빠도 그리고 시호와 함께 백일 동안 성장한(아마도) 나도, 모두 모두 수고했다. 짝짝짝.

원래 눈물이 많은 편인데 출산하고 나서는 눈물샘이 말 그대로 폭발했다. 우느냐 마느냐는 이미 내가 컨트롤할 수 없었다. 별것 아닌 말 한마디에 울고, 수유하면서 울고, 옛날 사진 보면서 울고, 엄마 보면 또 울고, 퇴근하는 남편 보면 울고, 아기가 황달에 걸렸을 땐 급기야 폭풍 눈물이 쏟아졌다. 호르몬 때문이라고 하지만 매일같이 우는 내 자신이 너무나 바보 같았다. 우울증에 걸린다면 이와 비슷하겠구나 싶었다. 어떤 때는 도망가고 싶었고 심지어 회사 생활조차 그리웠다. 별일 없이 거닐던 거리에서 부대끼던 사람들도, 시시콜콜한 수다 판에서 마시는 커피 한 잔도, 금요일 밤 뿌연 담배 연기 속에서 마시던 맥주도, 새로 산 옷이 나름 어울리던 거울 속의 내 모습도, 여행도 캠핑도 사람도 다 그리웠다. 시호가 내게 주는 기쁨은 분명히 크지만 동시에 포기해야 하는 것들이 눈앞에 아른거렸다. 엄마는 강한 거 아니었어? 주변에 애 낳은 사람들 모두 아기가 예쁘다고만 했지 이렇게까지 육아가 힘들다고는 이야기하지 않았다. 그러다가도 곤히 자는 아기 얼굴을 보면 방금 한 그 생각이 미안해서 또 울었다. 물론 이 시간은 금방 지나갈 것이다. 뽀송뽀송한 아기의 시간을 나도 언젠간 그리워하겠지. 그리고 이런 눈물의 날들에 대해 남편과 한잔하며 웃음 지을 날이 오겠지. 어제는 시호의 백일이었다. 그 사이의 시간들이 주마등처럼 스쳐 지나가서 자는 아이 옆에서 또 울었다. 왜 백일을 적응의 기점으로 삼는지 알 것 같았다. 그래도 나는 백일 전보다는 단단해졌으니깐.

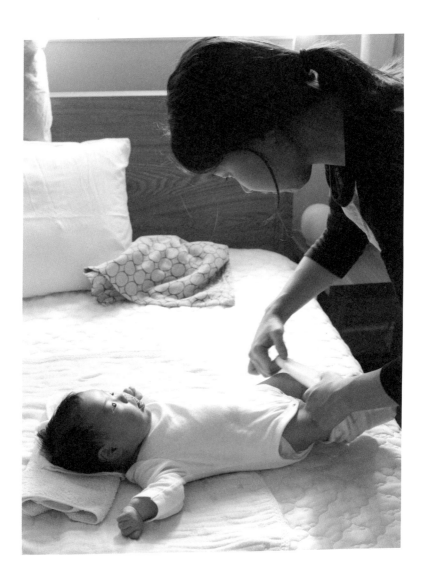

2014.7.6   꿀맛 같은 주말.

            시호랑 아빠랑 그리고 러스티랑
아빠와   뒹굴뒹굴.
뒹굴뒹굴   참 좋다.

2014.8.6

첫 감기

시호가 감기에 걸렸다. 작고 말도 못하는 아가가 아프다니…. 자식이 아플 때 부모 마음이 어떤지 새삼 알 것 같았다. 이틀 밤새 남편과 계속 물수건으로 몸을 닦고 열 재고, 다시 오르면 닦기를 반복했다. 약은 되도록이면 안 먹이려고 하는데 어쩔 수 없이 해열제도 조금 먹였다. 다행히도 3일 내로 열은 잡혔고, 이후 며칠 설사를 했지만 그 모든 걸 아기가 잘 이겨 내서 대견했다. 세상에 태어난 지 6개월 조금 덜된 시호가 감기를 앓고 나니 부쩍 큰 느낌이다. 더도 말고 덜도 말고 크게 아프지 않고 자라 주었으면.

2014.8.31

라디오
애청자

아기를 낳고서 달라진 점을 대자면 수도 없이 많지만 그중 하나는 이렇게 고독한 인간이 될 줄은 몰랐다는 것이다. 이전에는 혼자 잘 놀고 혼자 밥도 잘 먹었다. 억지로 사람들과 뒤섞이는 것보단 혼자가 좋았는데 하루 종일 집에서 애와 씨름하다 보니 이젠 세상이 그리워졌다. 그런 나에게 단물 같은 게 바로 라디오다. 예전에는 말 많은 라디오보다는 좋아하는 음악 앨범을 구해 밤낮없이 들었는데 지금은 라디오에서 들려주는 사연이 왜 이리 반가운지. 누군가 읽어 주는 세상의 이야기. 그 사이에 가끔 흘러나오는 동요는 덤이다.

2014.9.11

Before &
After

처녀 시절에는 <아줌마>가 되는 게 싫었다. 아줌마라는 단어로 불릴 그날을 아마 상상도 해본 적 없었으리라. 나에게 아줌마란, 집에서 바로 뛰쳐나온 몰골과 자기 가족들만 챙기는 이기적이고 억척스러운 여자들의 대명사였다. 지금은? 누가 뭐래도 나는 이제 영락없는 엄마이자 아줌마다. 이전에는 남들 좋다는 화장품을 사서 얼굴에 곱게 펴 발랐다면 지금은 아기에게 맞지 않아 쓰지 않는 아기용 로션을 단 3초 만에 바른다. 이전과 다르게 집안일에 엄청난 스피드를 내는 손놀림에 스스로 놀라기도 하며 가요도 잘 못 외웠던 내가 동요를 술술 불러 내심 기특하기도 하다. 나 꾸미고 노는 것보다 오로지 아기에게 필요한 정보를 찾고 있다. 아침잠이 많아 깨우지 않으면 거뜬히 오전 10시를 넘기는 것이 예삿일이었다면 이제는 예민한 청력으로 한밤중이라도 작은 소리 하나에 눈이 번쩍 뜨인다. 물론 아침 대여섯 시 기상은 기본이다. 관심 없이 지나쳤던 아기 엄마나 아기들에게는 한번씩 더 눈이 가고, 눈이 마주치면 나도 모르게 미소를 짓는다. 같은 아기 엄마들에게 <몇 개월이에요?>라고 말 거는 건 이전에는 도저히 상상할 수 없던 대범한 행동이다. 그리고 이제는 무엇보다도 세상의 아줌마들을 존경한다.

단편 소설 「모르는 여인들」은 아이를 돌봐 주는 아주머니와 아이 엄마의 특별한 관계에 대한 이야기다. 그들은 대면하지 않고 노트를 통해서만 소통하는데, 처음에는 장 볼 것이나 아이에 대한 것들만 메모하다가 조금 우정이 싹튼 후에는 가족에게도 못하는 마음속 이야기까지 주고받게 된다. 이모님을 떠올릴 때면 그 소설이 생각난다. 아마 우리 이모를 부르는 것보다 더 많이 부른 <이모>에 <님>자를 붙인, 생판 모르는 사람을 가족으로 만드는 우리나라의 색다른 호칭. 핏덩이를 덜덜 떨면서 들곤 했던 눈물 많던 나는 하루하루 이모님을 절절하고 애타게 기다렸다. 알록달록한 앞치마와 매일 달라지는 캐릭터 발목 양말, 시호를 보는 진심 어린 눈빛, 매기 맛있다고 감탄할 때마다 쑥스러움과 으쓱함이 묻어나는 미소, <자기야>라고 부르던 친근한 목소리, <숙희야>라며 러스티를 친근하게 부르며 고구마 간식을 챙겨 주시던 이모님. 사람 쓰는 거에 서툰 나는, 특히나 그 대상이 우리 엄마 또래라서 더더욱 어려웠다. 퇴근 시간이 6시였지만 항상 5시 반이면 가시라고 하면서도 사실은, 그 시간이 오지 않기를 바랐다. 처음 2주였던 기간이 어느새 늘어 5주가 되었고, 마지막 날 우린 유독 눈도 잘 못 마주쳤다. 또 그렇게 오지 않길 바랐던 5시 반이 되었을 때 이모님은 아기 시호에게 말했다.

시호야, 건강하게 잘 커라. 보고 싶어서 어쩌니. 네 엄마가 가끔 사진이라도 보내 주겠지.

그 말을 듣고 있는 데 얼마나 슬프던지 빈혈기가 있었던 이모님께

아주 급하게 철분제를 쥐어 드리며 서둘러 작별했다. 수개월이
지났지만 아직 가끔 연락을 주고받는, 우리 이모보다 더 이모 같은
이모님. 시호가 좀 더 크면 아기 시호가 엄마 쭈쭈 먹고 건강하게
컸던 게 우릴 잘 돌봐 주시던 이모님 덕이었다고 말해 줘야겠다.

2014.9.25

**당연한 건
없어**

애를 키우면서 깨달은 건 그 어떤 것도 당연한 건 없다는 거다.
먹고 자고 싸는 가장 원초적인 것도 당연하지 않다. 핏덩이였을
땐 먹이는 게 참 어려웠다. 젖은 물리면 그냥 쪽쪽 먹는
건 줄 알았다. 처음엔 잘 못 먹는다고 울상, 나중엔 너무 자주
먹으려고 한다고 울상이었다. 한번은 시호가 며칠 동안 변을
보지 않아서 하늘에 기도까지 한 적도 있었다. 하느님, 우리
시호가 똥을 누게 해주세요. 그리고 며칠 후 그 작은 몸뚱이에서
나온 거라고 하기엔 실로 어마어마한 양이 나왔을 때 남편과
나는 마치 월드컵 한일전에서 이긴 것처럼 기뻐했다. 그리고
처음부터 지금까지 쭉 아기의 <잠>이라는 건 정말 많이 어렵다.
여태까지 이 고된 육아의 팔 할이 잠 때문이었는데 지금은
그냥 잠 없는 아기라고, 그래도 아프지 않은 게 어디냐고 곱씹어
되뇌고 있으니 이제 조금은 익숙해진 것 같다. 자라나는 데
있어서 당연한 건 하나도 없으니 내 아이가 이렇게 커감에
있어서도, 나를 이렇게 성장시켜 주심에 있어서도, 무조건
감사하자고 늘 되뇐다.

2014.11.4

가족의
가을

많이 기다렸던 가을. 날씨 때문이기도 했지만, 그 즈음이면
나도 시호도 많이 적응했을 거란 기대에 가을이 되면 우리 자주
나가자고 말했다. 드디어 그 가을이 왔고 우린 좀 더 가족이란
모양새를 갖춘 듯하다. 짧은 이 시간, 시호의 첫 가을이 금방
가버릴세라 바지런히 숲으로 들로 산으로 나갔고 틈틈이
사진으로 남겼다. 훗날 시호가 이 사진들을 보고 기뻐했으면.

2014.11.5	이제 8개월하고도 보름이 지났다. 8개월이 갓 넘은 시호에게
	요즘 사랑한다고 수없이 말한다. 백일의 기적도, 6개월쯤이면
8개월	육아가 할 만하다는 것도 크게 느끼지 못했는데 8개월이 되니

급격히 예쁘다. 눈 마주치면 씨익 웃어 주는 거나 <다>나 <따>,
혹은 <나>를 반복하는 옹알이, 가끔 내뱉는 <아빠>와 <엄마>,
<맘마> 같은 단어들, <어부바> 하고 등을 대면 그 작은 양팔로
지탱하며 서는 행동이나 이유식이나 분유를 향한 거침없는
입놀림, 활짝 웃을 때 보이는 큰 모래알 같은 아랫니 두 개,
불 끄고 누이면 엄지손가락을 쪽쪽 빨며 자려고 노력하는
바둥거림이 너무나 좋다. 이제 비로소 느낀다, 엄마가 되었다는
걸. 그리고 심지어 이 역할이 좋아지기 시작했다. 아침에 남편이
아가에게 책 읽어 주는 소리를 들으며 식사를 준비하는 것과
남편 도시락을 바리바리 싸는 게 행복하다. 또 시호를 안은 채
나 한번, 러스티 한 번, 시호 세 번 배웅 인사를 하고 남편
출근시키는 게 뿌듯하다. 물론 여전히 삭신은 쑤시고 몰골은
초라하다. 또 시호의 낮잠 시간이나 이유식 숟가락을 들이미는
순간은 떨린다. 그래도 적어도 나는 지금 충분히 행복하고
스스로도 대견하다. 그리고 이런 나를 내 딸 시호가 만들어 줬다는
게 감사하다.

2014.11.14

우리도
부모구나

밤새 잠을 못 잤다. 아이는 열이 39.5도가 넘었고 코가 막혀
손가락을 빨지 못 하니 쉽사리 잠에 들지 못 하고 쉬이 깼다.
남편과 미지근한 수건으로 아이 몸을 닦는데 처음 고열이
났던 몇 개월 전보다 몸이 많이 컸다고 새삼 느꼈다.
누굴 위해 대신 죽는다는 거, 그런 거 못할 줄 알았는데 이제
당연히 할 수 있을 것 같아.
언젠가 시호를 유모차에 태우고 횡단보도를 건너며 남편에게
말했다. 남편도 방금 버스나 차가 시호에게 닥친다면 바로 몸을
던져 대신 치일 수 있다는 생각을 했다고 말했다. 우린 같은
생각을 했구나. 감기엔 이젠 의연할 것 같았는데 코가 막혀
빨개진 눈에 눈물이 맺힌 아이를 보니 아픈 게 내 잘못 같아
눈물이 찔끔 난다. 이 감기가 나으면 아이는 또 얼마나 부쩍
커 있으려나. 안쓰럽고도 대견하다.

2014.12.3

수요일의 허밍

라디오 사연을 듣는데, 기침을 오래하시던 아버지가 폐암에 걸리셨단다. 옆에서 옹알거리는 소리에 잘 들리지 않아 시호를 안고 토닥거리며 숨죽이고 들었다. 수술을 할 수 없는 상황이라 항암 치료와 방사선 치료만이 가능했고, 딸인 자기가 할 수 있던 건 폐암 카페에 가입해서 이 사람 저 사람 사연을 보는 것 그리고 병원에 모셔다 드리고 4시간 동안 항암 주사를 맞는 옆에 있다가 끝나면 공원 한 바퀴 산책시켜 드리는 것이었다고 한다. 드라이브라도 조금 더 시켜 드리고 싶었지만 아이들이 어려서 부리나케 집에 와야 했단다. 아버지가 돌아가시면 오십 몇 년을 함께한 어머니, 사십 년 가까이 함께한 나, 그리고 육십 년을 함께한 아버지 친구는 아버지를 잃어버리는 것이라고 했다. 행여나 그럴까 봐 여행도 가고 외식도 하고 명절도 함께 챙기면서 바쁘게 보냈다고 한다. 그로부터 5년이 되는 날, 아버지는 완치 판정을 받으셨단다. 그 말을 읽는 디제이는 눈물이 터져 이후 한동안 아무 말도 하지 못 했다. 나도 목구멍에서 기어 나오는 울음을 꾹꾹 눌러 담았다. 사연 속의 아버지가 내 아버지인양 줄곧 긴장하고 들었는데 완치되셨다니 너무 다행이었다.

얼마 전 아버지가 가을이 참 좋다고, 그런데 이제 함께할 가을이 많이 남진 않은 것 같다고 하셨다. 그때 좀 더 좋게 회답하지 못 했던 게 내내 마음에 걸렸다. 그러고 보니 아버지가 그런 말씀을 하시면 들은 채 만 채 다른 데만 봤다. 신청곡 「마이웨이My Way」를 허밍으로 불러 주니 시호가 씨익 웃는다.

2014.12.4

핑크빛
SF

산후 조리원은 출산만큼이나 내 인생에 기이한 경험이었다.

난 핑크색을 좋아하지 않는다. 까무잡잡한 피부의 내게 어울리지 않을뿐더러 색깔만으로도 너무나 여성스럽기 때문인데, 내가 갔던 산후 조리원은 온통 핑크빛이었다. 좁은 방에 분홍색의 베개 커버와 매트리스 커버, 게다가 이불은 무궁화 꽃무늬까지 덕지덕지 놓여 있었다. 흡사 변두리 모텔을 연상시키는 그곳이 나름 인기 있었던 것은 동네 유명 산부인과와 연계되어 신뢰도가 높다는 것과 수간호사 출신의 말발 좋은 원장이 자리 잡고 있다는 것 때문이었다. 흰색, 원목을 선호하는 내가 한 치의 망설임 없이 그곳을 예약했던 것은 만삭의 산모가 잡고 싶던 그놈의 신뢰였으리.

위생을 중시하는 그곳에서는 산모는 외부 옷을 입으면 안 되고, 이불 커버와 비슷하나 좀 더 자잘한 핑크 꽃무늬가 있는 그런 <원복>을 입어야 했는데, 그 옷은 마른 산모부터 후덕한 산모까지 모든 체형을 커버하며 입은 듯 안 입은 듯 기이한 느낌을 주는 옷이었다. 또한 외부에서 들어올 땐 꼭 젤리 소독제로 손을 소독해야 했는데 선생님(신생아를 돌봐 주시는 분)들이 아기를 만질 때마다 그 소독제로 손을 닦는 모습을 보며 믿을 만하다고 생각하곤 했다. <다 그런 거야. 시간이 지나면 다 괜찮아질 거야>라는 말 한마디와 아가가 한쪽 젖을 물지 않아 울먹이던 어깨에 지긋이 올려 주던 손의 무게는 마치 <사이비 종교라도 난 믿을래요!>라고 입 밖으로 나올 뻔한 맹목적인 믿음을 주었다.

뭐든 집어삼킬 듯한 식욕으로 5대 영양소는 200퍼센트나 들어가
있을 법한 식단에 행여 모자랄까 그릇에 모든 반찬을 그득그득
담아 딱히 다른 산모와의 교류도 없이 꾸역꾸역 먹고 또 먹었다.
그럼에도 영양소가 몇 배 더 많다던 맘스밀을 하루도 거르지 않고
보약인 양 타 먹었다. 또 좌욕기에 앉아 있거나 찜질방에 널부러져
있을 때는 하루 중 제일 행복했다.

그땐 그 작은 핏덩이를 안고 만지고 먹이는 게 참 힘겹고 내 삶에
있어서 가장 무거운 과제였는데 그럼에도 신생아실에 아기를
데려다 놓으면 그 창문에 남편과 매달려 아기를 보고, 또 봤다.
다른 산모와 남편들도 유리창에 매달려 자기 아기를 보고 또 보고
웃고 또 웃고 그랬다.

팅팅 부은 몰골로 똑같은 옷차림에 똑같은 핑크빛 모텔 같은
방에서 자고 똑같은 밥을 정신없이 먹고 오라면 오고 가라면 가고
그저 주어진 일과에 몸을 맡기며 둥둥 떠다니듯 지냈던, 내 인생에
있어 가장 많은 핑크에 둘러싸였던 그 2주가 마치 SF 영화인 양
머릿속에 남아 있다.

2014.12.23   시호가 낮잠을 자러 들어가면 총총 따라와서 발치에 자리잡고,

또 시호가 낮잠에서 깨면 꼬리를 흔들면서 핥아 주고, 시호

러스티   장난감에 입을 대기는커녕 자기 장난감을 물고 와 시호한테

놀자고 하고, 시호가 거실이나 방에서 울기라도 하면 부엌에서
일하고 있는 나에게 와서 불안한 몸짓으로 알려 준다.
그냥, 고맙다, 러스티. 널 만난 건 정말 행운이야.

2015.1.15

**육아
매너리즘**

요즘은 시호와 <소통>하고 있다는 느낌을 종종 받는다.
내가 뭐라고 하면 입을 오물거리는 게 정말 사람이 된 것 같다.
시계 어딨어? 말(모빌) 어딨어? 러스티 어딨어? 이러한 나의
질문들에 시호는 눈을 초롱초롱 굴리며 손가락이나 눈으로
가리킨다. 나는 말이 없는 편이다. 내 아기에게조차 말을 만들어
해주는 게 가끔 버겁다. 시호가 하는 행동에 대해 그대로 읊어
주거나, 어, 그랬어? 정도의 제스처가 엄마인 내가 해주는
리액션이다. 말수는 적으면서도 밖으로 나돌기는 좋아하는
모순적인 엄마인 나에게 육아는 고도의 <감정 노동>처럼
느껴진다. 물론 나의 아기를 온 마음을 다해 사랑한다. 표현할
수 없을 만큼 사랑하고 소중하다. 그런 아기에게 거짓의 감정을
보여 주려고 노력하는 것 같았다. 정말 답답하고 우울한데
웃으면서 뽀로로 음악에 춤을 추는 것은 정말 힘들다. 제법
사람 같아진 우리 딸에게 오늘은 좀 더 기운 내서 웃고 말도
많이 하고 더 안아 줘야겠다.

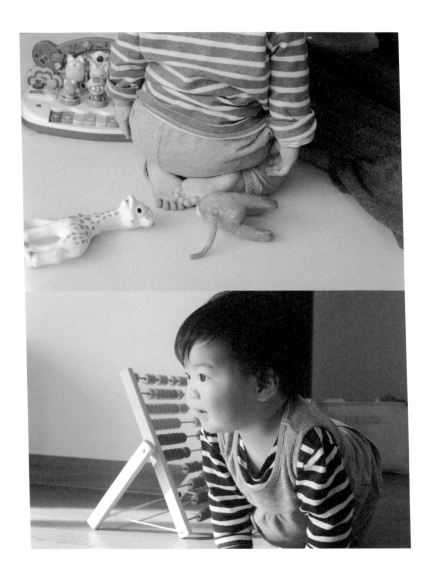

2015.2.2   시호 돌 기념 앨범에 넣으려고 집에서 급하게 찍은 사진이다.

우리 가족   추리닝 입고 있다가 청바지로만 갈아입고 부랴부랴.

우리 가족입니다. 헤헤.

2015.2.19

시호의 첫 번째 생일, 돌잔치를 집에서 했다. 직계 가족들만 모시고 소박하게 치렀다. 상도 직접 차리고, 가족사진도 집에서 찍었다. 엄마인 나에게도 참 좋은 기억이었다.

시호의 돌

지금처럼 밝고 건강하게 자라다오. 사랑해, 우리 딸.

2015.2.19

아가에
대하여

아가에 대해 면밀하게 기록하지 않았다. 일 년밖에 지나지
않았는데도 벌써 몇 개월쯤 어땠는지 가물가물하다. 아가가
크는 게 다 거기서 거기라, 몇 일이나 몇 개월에 무얼 했는지
마음에만 담아 두고 글로 남겨 두지 않았더니 시호의 성장의
순간들이 가끔 그립다. 돌이 지나고 나니 더 훅 자라는 것 같다.
내가 요즘 매우 좋아하는 건 시호가 걸을 때 나는 소리다.
마룻바닥이랑 통통한 발바닥이 만나서 내는 소리, 차칵차칵.
그리고 잠결에 내는 소리, 오물짝거리는 침 소리나 부비작부비작
어딘가에 부대끼는 소리가 참 좋다. 아이는 요즘 제법 말을 한다.
강아지 인형을 보고 <멍멍> 하고, 자동차를 보면 <부웅> 한다.
<파>나 <빵> 같은 발음하기 쉬운 단어는 따라 한다. 러스티
보고는 <러스티야>의 끝음절인 <띠야!> 하고 부르고, 자다 깨서
부르는 <엄마>는 그 발음이 정확하다 못해 어른이 말하는 것
같다. 내가 설거지를 하거나 이유식을 만들 때는 자꾸 내 다리에
매달린다. <어? 이게 누구지?> 하며 아래를 내려다보면 위를
올려다보며 씩 웃는 얼굴이 참 좋다. 내가 가면 어디든 따라오고,
내가 하면 뭐든지 같이 하고 싶어 한다.

그리고 나에 대하여. 시호가 태어난 지 13개월 차가 된 만큼
회사를 나가지 않은 지도 13개월이 넘었다. 그동안 나는 많이
변했다. 엄마가 행복해야 아이가 행복하다는 생각들 때문인지,
자신을 가꾸고 즐기며 사는 엄마들이 있다. 도대체 저들의 애는
누가 보는 걸까? 묻지 않아도 자명한 답을 혼자 투덜거리며

묻기도 했다. 그러다 좀 더 기다리고 참기로 했다. 나 혼자 행복한 엄마가 아니라 아이와 같이 행복한 엄마가 되기로, 조금 더 기다려 같이하기로 했다. 그리고 나에 대해 조금 더 자랑스러워하고 나를 조금 더 사랑해 주기로 했다. 분명 내가 같이 있는 이 시간이 딸이 커감에 있어 좋은 영향을 줄 거라고 믿으며, 그렇게 되도록 노력하겠다고 스스로에게 다짐해 본다.

2015.5.8

**우리 가족
첫 캠핑**

시호까지 함께한 우리 네 가족의 첫 캠핑이다. 시호가 감기 기운이 좀 있었는데 도저히 못 참겠어서 그냥 약 받아서 출발했다. 아플까 봐 조금 불안하기도 했고, 역시나 사람이 많고 더워서 조금 힘들긴 했지만 시호도, 러스티도, 우리도 참 좋았던 1박 2일이었다. 거짓말같이 콧물이 쏙 들어갔다. 너무나 즐거워하는 시호의 모습을 보면서 아이는 자연과 가까워야 한다는 생각이 더욱 확고해졌다.

2015.5.12   5월의 숲은 언제나 좋다. 아니, 숲은 늘 좋다.

              들꽃, 풀, 잣나무 낙엽들 그리고 그 덕분에 푹신푹신한 바닥.

5월의 숲   초록빛으로 눈이 편안해진다.

새벽 다섯 시에 새들이 다같이 노래를 불렀다.
난생처음 들은 갖가지 새소리가 한꺼번에 우는데
정말 졸리고 피곤했지만 얼마나 경이롭던지.
그 소리에 시호가 깨고, 덕분에 새벽 산책을 했다.
짐 싸고 나르고 정리하고 애 보느라 분명 몸은 힘든데
마음은 참 편안해진다.
곧 또 보자.

임신을 했을 때부터 내 아이는 내가 키우겠다는 것에 대해서는
일말의 흔들림이 없었다. 엄마에게 맡길 수 있는 여건이 된다고
하더라도 그러고 싶진 않았다. 딸 셋을 키운 엄마에게 내 아이까지
짊어지우긴 싫었다. 그렇다고 남에게 맡기기엔 용기가 부족했다.
쏜살같이 휴직 기간이 지나갔다. 1년 3개월 전 처음 내게 안기던
빨간 아기는 어느덧 3배가 넘는 크기로 커졌고, 제법 양팔을
흔들며 뜀박질을 연습하고 내가 하는 질문에는 알아듣는 양
<응응> 하면서 대답을 한다. 아이가 얼른 커서 여유를 찾았으면
싶다가도 내심 휴직 기간이 천천히 지나갔으면 싶었다. 그래도
내가 두고 있는 적이 없어지는 게 두려웠다. 이제껏 나는 공백기
없이 살아왔다. 남들 다 하는 휴학 한 번 하지 않고 학교를 내리
다니다가 졸업 전에 취업을 했고, 이직할 때도 쉰 적이 없었다.
소속되는 걸 싫어하고 자유로움을 항상 갈구하면서도, 어딘가에
항상 소속되어서 그로 인해 안정감을 느끼고 있었던 것이다.
이제 나의 소속은 온전히 <집>과 <가족>이 된다. 오래전부터의
결심이었지만 얼마나 이 회사에 들어오고 싶어 했는지 합격
통보를 받았을 때 달리는 차 안에서 창문을 열고 와! 야호!
으아! 환호성을 질렀던 것이 생각나 퇴직하러 가는 버스 안에서
흘러나오는 눈물을 훔쳤다. 생기 있던 젊은 시절, 동기들과
받았던 교육이나 미련함과 나름의 일 욕심으로 야근을 밥
먹듯이 했던 시절, 크게 모난 데 없이 동고동락했던 사람들이
스쳤다. 오랫동안 우정을 이어 갈 친구들도 만나고, 남편도

만났다. 이 회사가 아니었다면 시호도 만나지 못했겠지.

고마운 회사였다. 안녕.

돌아오는 길에 남대문 시장에 들러 갖가지 리본을 샀다.

딸내미 머리핀을 만들어 주며 나의 전업주부 입성을 자축할

셈이었다. <전업주부專業主婦: 다른 직업에 종사하지 않고

집안일만 전문으로 하는 주부.> 이제 전업주부가 되었다.

그리고 사랑하는 나의 딸,

밝은 너의 웃음을 보며 잠시 속상했던 마음을 쓸어내렸다.

2015.5.29

나무
아래서

요즘 아이와 산책하는 것이 제일 좋다. 매일 같이 나가 질릴 법도 한데 시호도 러스티도 그 시간을 가장 좋아한다. 둘이 같이 거니는 걸 보면 가슴이 벅차오른다. 육아를 하면서 마음이 편한 적이 별로 없다. 잘 때는 깰까 불안하고 밥 차릴 땐 보챌까 급하고 밥 먹일 땐 안 먹고 투정부릴까 조마조마하다. 설거지하거나 화장실에 있을 땐 행여 거울이라도 넘어져 다칠까 노심초사한다. 심장이 작은 엄마인 나는 산책하는 이 시간만큼은 편하고 푸근한 기운에 마음을 내맡긴다. 아이와 함께 개미에게 인사하고, 나무와 풀을 만져 보고, 러스티와 함께 뛰놀고, 눈 부실라 모자를 고쳐 주고, 행여 넘어질까 손을 잡고 걷는 시간이 좋다. 나이가 들어서도 이 기분을 기억하고 싶다.

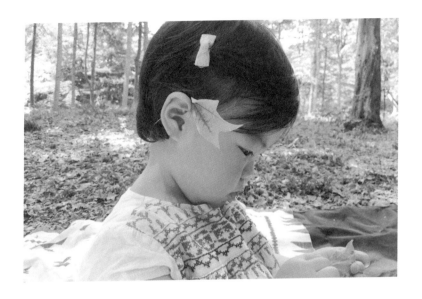

2015.6.5 시호와 밀착 생활을 하던 시절, 내 배 위에서만 자겠다 해서
안고 재우느라 팔 다리 허리, 온몸이 안 아픈 곳이 없었다.

언제까지 그 당시에 하고 싶었던 게 두 가지 있었는데, 하나는 혼자 나가서
너와 온 힘을 다해 뛰면서 땀을 빼고 싶었고 또 하나는 햇빛이
까꿍할 수 쨍쨍 내리쬐는 곳에서 덩그러니 누워 있고 싶었다.
있을까 <혼자> 에너지를 뿜고 채우고 싶던 날들이었다. 그러다 문득
내가 엄마한테 안기던 시절이 가물거렸다. 그러고는 언제까지
시호를 이렇게 안아 보려나 했다. 힘들 때마다 스스로에게
최면을 거는 것처럼 그런 생각을 되뇌며 아이를 안아 올리곤
했다. 육아에 지쳤을 때 그리고 동시에 그 순간을 잡고 싶을 때
나에게 건네는 말이기도 하다.
<언제까지 할 수 있을까.>
어제의 까꿍 놀이는 후자였다. 그 말을 마음속으로 얼마나
했는지 몰라. 언제까지 너와 까꿍할 수 있을까.

2015.6.9 러스티는 시호에게 함께하기, 따뜻함, 배려, 안정
그리고 웃음을 준다.

러스티 때때로 나는 가만히 바라보다 이내 고마움을 느낀다.

시호야 안녕, 엄마야. 엄마는 지금 서른세 살이란다. 지금 너는 젊은 날의 엄마를 상상하기 힘들겠구나.

오늘은 하루 종일 너에게 편지를 쓰고 싶었어. 그냥, 이십 대가 된 너에게 말을 하고 싶었다. 애써 멋진 말이 아니라, 단지 네가 얼마나 사랑스러운 아기였는지 말이야.

너는 요즘 아침에 일어나면 눈뜨자마자 아빠를 찾거든.

그런데 오늘은 유독 놀면서도 아빠를 자주 찾았어. 책이 많은 아빠 방에 가서 이 책 저 책 꺼내 보길 좋아하는 네가 안경을 쓴 우스꽝스러운 만화 캐릭터를 보고 <아빠!>라고 하길래 엄마는 그게 너무 웃겨서 막 웃었어. 그러자 네가 입을 삐쭉거리다가 울음을 터뜨리고 말았어. 순간 네가 아빠를 보고 싶어 하는구나 싶었다. 미안하다고 말하면서 너를 안고 다독이면서, 우리 딸이 엄마랑 있으면서도 아빠를 찾는 게 조금 서운했어. 그리고 한편으로 아빠를 정말 좋아하나 싶어서 다행이라고도 생각했어. 엄마와의 관계만큼 아빠와도 돈독했으면 하거든.

스무 살의 너와 아빠는 어떨까. 아빠는 엄마보다 훨씬 착하고 좋은 사람이라 아마 너는 아빠를 더 좋아할지도 모르겠다.

오늘은 아침에 밥을 먹고, 아빠가 출근한 후에 러스티와 함께 산책을 나갔어. 너는 산책을 참 좋아하는데, 땅에 떨어진 작은 열매나 돌멩이, 나뭇잎이나 개미 등을 지나치질 못하고 한참을 보고 만지작거리곤 한단다.

엄마는 네가 처음 무언가를 볼 때의 눈빛을 아주 오랫동안

기억하고 싶어. 어른에게서는 절대 볼 수 없는 굉장히 솔직하고
깨끗한 눈빛이거든. 우리 아가는 그 반짝이는 눈으로 이것저것
관찰하고 탐색하곤 하지. 호기심이 가득한 얼굴이 된단다.

너는 요즘 혼자 열심히 습득하고 성장하려고 노력하고 있어.
엄마가 무슨 말을 하면 알아들었다는 양 반응을 하고 그에 맞는
사물을 가리키거나 들고 오지. 그리고 또 엄마 아빠의 행동을
어찌나 따라하는지, 그 모습이 너무나 귀엽고 또 대견한단다.
이렇게 하나씩 알아 가고 커가는 거겠지. 엄마는 너의 일 년 후,
오 년 후, 십 년 후 그리고 이걸 읽고 있을 지금의 너, 우리 시호의
앞으로의 모습이 참 궁금해. 불과 일 년 전만 해도 내 팔뚝보다
작던 우리 시호였는데 말이야.

엄마에게 안기는 걸 제일 좋아하던 네가 오늘은 어부바해
주겠다니깐 싫다고 하더라. 또 엄마가 밥을 먹여 주려니 혼자
먹겠다며 뿌리치기도 했어. 16개월 만에 이렇게나 컸는데 스무 살
때는 어떨까. 그때도 아마 엄마는 아가였던 시호가 많이 생각날 것
같아. 벌써부터 보고 싶네, 아가였던 시호가.

지금 나는 너에게 한 가지 약속하고 싶은 게 있어. 그건 아마
너와의 약속이자 지금 젊은 날의 엄마 자신과의 약속일 거야.
네가 자라는 동안 엄마가 꼭 새겨 둘 것이 있어. 너를 믿고
기다릴게. 우리 시호가 무엇을 하든 또 어떤 선택을 하든 항상
믿고 기다려 주는 엄마가 되고 싶어. 스무 살 때까지 엄마가
그렇게 해주었니?

최근에 말이야, 엄마가 살아온 인생, 하루하루가 참 소중하다고 생각했어. 힘든 적도 슬픈 적도 있었지만 그중에서 하루라도 빠졌다면 너를 만나지 못했을까 봐 말이야. 누구도 아닌 너, 시호를 만나서 감사하다고 매일 생각한단다. 이제 스무 살의 어른이 된 시호가 앞으로 더 용기 있고 재미있게 살아갔으면 좋겠다. 그때부터가 또 새로운 시작이거든. 엄마가 묵묵히 뒤에서 응원해 줄게.

내일은 네가 또 어떤 행동과 말을 할까 생각하면 벌써부터 설레는구나. 오늘밤에도 네가 부디 열 없이 좋은 꿈을 꾸면서 잤으면 좋겠다.

사랑한다. 16개월의 시호도, 스무 살의 시호도.

2015.6.17

꼬마와

요즘엔 두 번의 산책과 두 번의 목욕을 한다.
아침엔 러스티와 공원에서 놀고 오후엔 놀이터에 가고 옥상도
올라갔다. 나도 아이도 땀에 젖은 채 목욕을 할 때면 보람찬
육체노동을 한 것 같은 기분이 든다. 목욕 후 빨개진 볼
사이로 쭉쭉 들어가는 보리차, 포도, 수박 같은 것들을 보면
더 그렇기도 하다. 사실 나는 아이와의 놀이가 참 어렵고,
내가 어려워한다는 걸 아이가 알아차릴까 봐 가끔 두렵다.
그래서였나, 요즘 더 하루하루가 갑갑하고 길게 느껴졌는데,

저녁 옥상에 올라가 상추에 물 주는 시호의 모습을 보고 있자니
흙에 모양을 냈다가 천천히 가라앉아 사라져 버리는 물처럼
나의 두려움도 천천히 사그라진다.

2015.6.24

**아이와
캠핑**

남편이 귀한 시간을 내주어 같이 캠핑을 다녀왔다. 남편은
계속되는 야근으로, 나는 활동도, 고집도 강해진 아이를 돌보느라
좀 지쳤었다. 그리고 캠핑 짐을 싸고 나르면서 더 지쳤다.
아무래도 어린아이를 데리고 가는 거라 신경 쓸 것도, 세세하게
챙길 것도 많았다. 하지만 결국 우리가 항상 웃으면서 하는 말,
오면 좋다니깐!

아이가 생기고 포기해야 하는 것들이 간혹 생각난다. 해먹에
누워 낮잠 자고 책 보기, 손잡고 여유롭게 산책하기, 이른
저녁부터 모닥불 앞에서 멍하니 앉아 있기, 낮에 맥주 마시고
아무렇게나 널브러져 있기, 좋은 음악 들으면서 두런두런
이야기하기 같은 것들은 <아이가 낮잠을 자주지 않으면>
불가능한, 캠핑에서 포기해야 하는 것들이 되어 버렸다. 그런데
진심으로 좋아하는 아이의 얼굴을 보고 있자니 그런 것들은
실은 아무렇지도 않았다.

시호가 웃고, 우리도 많이 웃었다. 이 아이가 그저 물 흐르는 대로
자연스럽고 자유롭게 컸으면 좋겠다.

2015.6.25

**후회한 적
없니**

후회한 적 없니? 애 낳은 거.

거실 의자에 앉아서 애 보던 나를 물끄러미 바라보던 엄마가
물었다. 엄마가 어떤 생각하는지 조금 알 것 같았다. 학교 다닐
때 엄마가 나에게 쥐여 주던 도시락 두 개, 그땐 그게 그저 당연한
줄 알았는데 새벽같이 일어나 다른 메뉴로 도시락을 두 개나
싼다는 게 얼마나 힘들었을까. 고등학교 3학년 야자가 끝나면
학교 정문에 엄마가 항상 있었는데, 지금 생각해 보니 엄마는 단
한 번도 늦은 적이 없었다. 차에 타면 딸기나 고구마 같은 내가
좋아하는 간식이 있었다. 독서실에서 공부하고 돌아오면 자정이
다 된 시간에 부스스한 모습으로 소파에서 일어나 항상 나를
반겨 주시던 우리 엄마.

너는 꼭 나중에 일을 하고 돈을 벌어라. 여자도 그래야 해.
엄마는 내가 대학교에 들어갔을 때 참 좋아하셨다. 나는 관심도
없던 대학교 입학식에 꼭 가자고 하셨고, 예쁘게 차려입고 팔짱
끼고 사진도 찍었다. 아마 엄마는 그때 엄마로서의 소임을
다했다고 느끼셨을 것이다. 엄마가 나에게 물었을 때, 미안한
마음이 들었다. 당신이 열심히 키운 딸이 회사도 그만두고 추리닝
바지에 후줄근한 모습으로 있는 게 미안했다. 나는 시호가 행여
들을까 봐 엄마에게 입 모양으로 말했다. 아주 가끔. 그리고 조금
있다가 다시 말했다. 엄마! 아니야. 그래도 애를 낳아서 경험하는
것들은 살면서 해볼 만한 것 같아.

초등학교 때였나, 엄마가 취미로 테니스를 치느라 학교에서

집으로 돌아오면 안 계셨던 적이 아주 가끔 있었는데, 그때 나는 마음에 구멍이 뚫려 공기가 픽 빠지는 기분이었다. 그 기분이 기억나기에, 지금 시호의 옆에 항상 있어 주고 싶고, 이런 나의 후줄근한 모습도 받아들이려고 한다.

그리고 내가 애를 낳지 않았다면, 우리 엄마가 왜 여태껏 맛있는 반찬은 꼭 내 앞에 갖다 놓는지 마음으로 이해하기 어려웠을 것이다. 고등학교 때의 도시락처럼 그저 당연한 줄 알았을 테지.

2015.7.8

**일주일에
두 시간**

요즘에는 일주일에 한 번, 두 시간의 자유 시간이 주어진다.
수요일 오후 두 시부터 네 시까지. 친정 엄마가 와서 시호를
잠시 돌봐 주시는데, 그날이 되면 오전 11시정도부터 설렌다.
온전히 나 혼자 있는 시간인 것이다. 그래 봤자 집 앞 카페에
앉아 못 들었던 음악을 듣고, 이렇게 일기를 쓰고, 시호 물건들을
인터넷으로 사는 게 전부이지만 그 시간 동안은 좀 다른 에너지가
나오는 게 느껴진다. 엄마가 아니라 그냥 나 자체로서의 에너지가
말이다. 의자에 가만히 앉아 있지만 아무 이유 없이 신이 난다.
음악도 괜히 크게 듣고 발도 까딱거려 보고 노트북 타이핑도 좀
세게 쳐본다. 혼자 있는 시간 일 분 일 초가 이렇게 소중한지
누가 알았겠어. 이것도 육아가 내게 준 선물이라 치자.

2015.7.15

자유롭길

최근 들어 아이의 육아를 넘어서 교육에 대해 생각하게 되었다. 먹고 입히고 재우는 원초적인 단계를 넘어 이제 말을 하고 싶어 하거나 내 행동을 무엇이든 그대로 흉내 내는 걸 보면서 이 아이를 어떻게 가르쳐야 할까, 어떤 가르침을 받게 해줘야 할까 하는 생각이 자연스럽게 떠올랐다. 다행히 남편과 나는 교육관이 매우 비슷해서 학교에 들어가기 전까진 한글은 굳이 안 배웠으면 좋겠고, 많이 뛰놀게 하고 책도 많이 읽어 주려고 한다. 어느 때는 학교도 좀 쉬면서 가족들끼리 장기 여행도 갔으면 좋겠다. 평생에 그런 경험은 정말 하기 어려우니까 말이다. 학교에 들어가서도 학원에는 되도록이면 안 갔으면 좋겠고, 정말 공부하고 싶은 게 없다면 대학을 가지 않아도 된다.

그러다 문득 요즘 세상에 한국에서 그렇게 키우면 바보 취급을 당하고 왕따를 당할까? 하는 걱정이 들었다. 만약 그러면 내가 공부해서 홈스쿨링을 해보자는 생각까지 오고 말았다.

아이가 클수록 엄마가 중심을 잘 잡아야겠다는 생각이 든다. 네가 남을 의식하거나 누군가와 비교하지도 않으며 자유롭게 크길 바란다. 정말 자유롭게.

2015.7.20

러스티와
시호

요즘 러스티와 시호의 일상은 같이 뒹굴거리고, 같이 놀고,
같이 산책하는 것의 연속이다.

작년에 바둥거리던 시호 옆에 우두커니 앉아 있던 러스티가
생각난다. 지금 이렇게 지낼 수 있는 것도 다 녀석 덕분이다.
앞으로도 자매처럼 잘 지냈으면.

2015.7.21

기억

세 살 때쯤, 같은 아파트 친구 집에 놀러간 적이 있었다. 그 집
엄마가 자리를 잠깐 비운 사이에 친구와 나는 분통을 열어 방 벽을
온통 분으로 칠했다. 복도에서 희미하게 들어오는 햇빛, 회색
벽에 칠해진 흰색 가루 그리고 화가 난 엄마에게 궁둥이를 맞고
혼쭐났던 기억이 어렴풋이 남아 있다.

살아오면서 제일 처음의 기억은 뭘까. 시호는 지금의 시간들을
기억하지 못하겠지. 그래도 마음속에는 잘 간직되면 좋겠어.
너의 삶에서 첫 번째 기억은 무엇일까. 궁금하구나.

2015.8.6

비 오는
8월

비 소식이 있었는데 좋아하는 사람들과의 캠핑인지라 취소하고
싶지는 않았다. 예보대로 비가 왔다. 공기 중에 물이 떠다니는
것 같았다. 간간히 비가 안 올 때의 촉촉한 공기와 아이들의 웃음
그리고 아이들이 잠든 후 기울이던 술잔과 말소리가 기억에
남는 시간이었다. 해 질 녘에는 시호를 등에 업은 채 나무 사이를
거닐며 재웠다.

2015.8.12	또 그 증상이 찾아왔다, 가슴 한구석이 갑갑하고 응어리가 들어찬 것 같은 기분이. 유모차를 밀며 발걸음을 재촉하다가도 입 벌리고
조금 지치기도	멍하니 허공을 응시한다. 하나부터 열까지 만사가 귀찮고 온몸이 쑤시고 무거운 증상이 계속 이어졌다. 최근 며칠 동안 사회생활이

매우 그리웠다. 육아 휴직을 하다 복직한 친구에게 물으니,

<적어도 화장실 가는 거랑 밥 먹는 게 자유로우니 좋다>고 한다.

퇴직하러 회사에 갔을 때 한 남자 동료가 지나가면서 <아, 좋겠다.

나도 집에서 쉬고 싶다>라고 한 말이 가끔씩 떠오른다. 왜 그

사람 뒤통수를 한 대 치지 않았나 후회가 된다. 나도 아이를 낳기

전에는 집에서 애 보는 게 이런 건 줄 몰랐다. 직접 경험해 보지

않으면 누구도 모를 거야.

사랑하는 아이와 편안한 집에 있는데 왜 힘드냐고들 말한다.

아이를 돌보고 밥을 하고 청소를 하는, 육아와 집안일이 힘든 게

아니다. 화장실에 가고, 밥을 먹고, 몸을 씻는 행위를 내 마음대로

할 수가 없기 때문에 힘든 것이다. 나의 자유 의지가 좀처럼

허용되지 않는다는 것, 그게 참기 어렵다.

이렇게 적고 나면 항상 아이에게 미안하다. 러스티에게 물건을

던진 아이에게 <너 왜 이렇게 못됐어?>라고 말해 버렸다. 잠자는

아이의 모습을 보니 또 미안한 마음이 든다. 이따금씩 찾아오는

이 증상을 얼른 추슬러야겠다. 어찌 됐든 나는 엄마니까.

2015.8.26

**고맙다,
러스티**

러스티를 만날 때쯤 나는 작은 수술을 받기로 되어 있었다.

수술 며칠 전 우연히 남편과 <서울 대공원 반려동물 입양 센터>
라는 곳을 알게 되었고, 거기서 우리 둘의 눈에 쏙 들어온 한
녀석이 있었다. 어떤 종류인지도 모르는 믹스견이었다. 앞머리 털
두 가닥이 포인트인, 눈이 착해 보이고 겁이 많아 보였던 녀석은
주인이 위기에 닥치면 구해 주는 영화에나 나올 법한 외모였다.

수술을 마치고 입원하고 있을 때, 입양 전 사전 교육을 위해
남편이 녀석을 보러 갔고 남편을 알아본 걸까, 겁은 잔뜩 먹었지만
러스티는 꼬리를 치면서 남편을 바라보았다고 한다.

퇴원하고 조금 성치 않았던 몸이었지만 직접 녀석을 데리러 갔다.

러스티는 우리를 만나자 여지없이 오줌을 지리며 긴장을 했다.

나는 이름을 부르며 안아 주었다. 그러자 내 검정 점퍼에 수북하게

털이 묻어났다. 모질이 좋지 않나 보다. 털이 이렇게 많이 빠지는
개는 처음 보네. 잠시 망설였던 것도 사실이었다. 그때 망설이고
내려놓았다면 지금까지 러스티 덕분에 느낀 무수한 행복과 위안은
못 느꼈겠지. 아기를 낳고 나서 분명 녀석에게 더 소홀해졌다.
이전보다 많이 놀아 주거나 만져 주질 못 한다. 그럼에도 불구하고
러스티는 나의 육아에 있어서 가장 힘이 되어 준다. 네가 있기에
시호에게 말할 거리가 더 생기는 건 물론이고, 시호와 놀아 주는
너를 보면 든든한 육아 지원자가 있는 것 같아 함께하는 산책이 더
편하고 즐겁다.

나중에 시호가 독립을 하고 남편과 나만 남았을 때 그때도 러스티가
함께라면 얼마나 좋을까. 지금 받은 걸 그때 더 줄 수 있을 텐데.
오늘도 내일도 모레도 같이 산책하자. 고맙다, 정말.

2015.9.7

일주일

일주일간 지낸 제주에서 돌아왔다. 계속되는 남편의 야근과 나의 똑같은 일상에 지친 마음을 달래고자 무작정 비행기 표를 끊었다. 딸아이와 둘만 가는 여행이었다. 굳이 특별한 곳에 가지 않아도 좋았다. 반나절은 그저 언니네 집에서 쉬고 마당에서 뛰놀고 물놀이를 했다. 그러다 바다를 보러, 산을 보러 갔다 오곤 했다. 아이를 안고 언니의 작은 차를 타고 다녔다. 에어컨 바람이 아닌, 창문으로 들어오는 바람이 참 좋았다.

아, 좋다, 이 냄새. 내 얼굴에 느껴지는 바람.

아이는 너무 행복해했다. 아이가 마당에서 놀면서 활짝 웃는 모습을 볼 때면 마음이 뜨끈해졌다. 재울 때면 풀벌레 소리가 났고, 깰 때면 새소리가 났다. 많지 않은 물건들 속에서 정갈함과 풍요로움을 느꼈다. 바리바리 싸간 화장품은 점점 사용하지 않게 됐다. 그동안 잊고 있던 음악도 듣곤 했다. 아이는 까까나 뽀로로가 없어도 찾기는커녕 그런 것 하나 없이도 재미있어 하는 표정이었다.

일주일 동안 나와 시호는 그전보다 더 까매졌고, 모기에 열 군데 이상 물렸다. 무엇보다 나는 하고 싶은 것이 많아졌고, 아이를 어떻게 키우는 게 좋을지에 대한 생각이 좀 더 확실해졌다.

2015.9.18

보자기 속 여름

두 살의 시호와 함께한 여름, 그 기억을 아주 예쁜 보자기에 곱게 담아 나이가 들어 조금 울적할 때 꺼내 보면 좋겠다.

수영복을 입히니 너의 배가 볼록 도드라졌다. 흐르는 물의 모습과, 그 위를 둥둥 떠다니는 오리를 너는 꽤 오래 바라보았다. 오리에게 인사를 하기도 했는데, <오>라고 말하는 그 입 모양이 참 예뻤다. 돌멩이를 주워 물에 던지는 걸 좋아했고 물이 있는 곳이라면 꼭 돌을 주워서 던져 보고 싶어 했다. 물이 퍼지는 모양을 가만히 바라보기도 했고, 얼굴에 물이 튀면 씨익 하고 미소를 짓기도 했다.

매일 우린 산책을 했다. 시호의 피부는 햇빛에 그을려 조금씩 가무잡잡해졌다. 해 질 녘 그 고운 피부를 물로 닦고 나란히 누워 엄마 코, 시호 코 하며 사부작거렸던 순간을 고이고이 소중하게 담아 두고 싶다. 지금, 그리고 앞으로 올 수많은 계절도.

2015.9.22	오늘도 남편이 늦는다.

육아가 세상에서 제일 힘든 일인 것 같았던 육아 초기에는

내 딸의 나의 노동과 남편의 노동을 저울질했었다. 회사 생활 좀 해봤다고

아빠 다 아는 양 남편이 조금이라도 힘든 내색을 하면 나도 회사

생활 해봤지만 육아가 훨씬 힘들다고 말하곤 했다. 육아보다

더 무거운 게 가장이라는 걸 이제 좀 알 것 같다.

남편이 지친 모습으로 출근하고, 그보다 더 지친 모습으로

퇴근하는 모습을 볼 때면 나의 유년 시절, 늦는 게 당연했던

우리 아빠가 생각난다. 정말 아무것도 없이 시작해서 세 명의

자식을 키워 낸다는 게 얼마나 대단한 일인지 그땐 몰랐다.

늦은 밤 퇴근하는 아빠에게 무미건조하게 인사만 하고 방으로

들어가지 말고 따뜻하게 안아 드리고 고맙다고 말해 볼걸 하는

후회가 스친다.

매일 아침에 출근해서 새벽에 퇴근하는 걸 몇 개월 이상

지속한다면, 집에선 어떻게든 잠만 자고 싶을 텐데 새벽

여섯 시 반이면 기상하는 우리 딸은 눈뜨자마자 아빠를 찾는다.

아마 그때가 아니면 아빠랑 놀 수 없다고 알고 있는지 자는

아빠 손을 있는 힘껏 당겨 일으켜 세운다.

남편은 어젯밤의 지친 모습을 딸에게 보여 주지 않는다. 책도

읽어 주고 그림도 그려 주고 노래도 불러 주고 안아서 번쩍 들고

아빠표 해먹도 태워 준다. 엄마보다 훨씬 재미있는 리액션과

함께 길지 않은 그 시간 동안 세상에서 제일 즐겁게 놀아 준다.

그러니 아침에만 보는 아빠인데도 시호는 하루 종일 아빠를
찾는다. 아빠 태꼬(최고)라고 말하는 시호. 아빠를 많이
사랑한다고 양팔로 커다란 모양을 그리는 시호. 아빠는
시호가 그린 모양의 몇 백만 곱절만큼 너를 사랑한대.

2015.10.14 앤서니 브라운의 『우리엄마』를 읽다가 조금 울컥했다.

<우리 엄마는 무용가나 우주 비행사 등등이 될 수 있었어요.

엄마의 하지만 《우리 엄마》가 되었지요.>

취미 그림책처럼 나는 훌륭한 요리사나 재주꾼은 아니지만,

엄마가 되고 나서 마치 사진작가가 된 양 열심히 순간을 담았다.

매일 러스티와 시호를 데리고 산책을 나가는 것처럼 사진 찍기는

지친 육아에서 찾은 또 하나의 즐거움이자 스트레스 해소의

방법이다. 이제 누군가 나에게 취미가 무어냐고 묻는다면,

예전처럼 영화 보기라고 대답하는 게 아니라 <사진 찍기>라고
수줍게나마 말할 수 있을 것 같다. 담지 못하는 소중한 순간들이
너무 많지만, 그래도 이 취미로 인해 기록된 찰나들이 훗날
오래된 앨범처럼 쌓여 가겠지.

그래, 엄마의 취미는 사진 찍기란다.

2015.10.17

신발과
손톱

너 말고는 다른 사람의 발을 손으로 감싸고 신발에 조심스럽게 넣는 걸 해본 적이 없어. 신발을 신으면 밖에서 자유롭게 걸을 수 있다는 걸 아는 듯이 너는 더 신나게 땅을 밟는다. 아직까지는 내가 신겨 줘야 하는 그 과정이 네 발걸음의 준비 운동인 것 같아 내심 뿌듯해. 너의 발은 어찌나 빨리 자라는지 볼 때마다 기분이 좋던 너의 귀여운 머스터드 색깔 단화와 갈색 샌들은 이제 다신 신을 수 없을 것 같아. 아, 그러고 보니 손톱을 깎아 주는 것도 신발을 신기는 것과 비슷한 느낌이야. 네가 아주 어렸을 때, 그러니깐 그 손가락에 손톱이 있다는 것 자체가 너무 신기한 그때 나는 네 손톱을 깎다가 살에 상처를 냈어. 그 연약한 살에서 피가 나는데 나는 정말이지 응급실에라도 뛰어가고 싶은 심정이었어. 지혈이 그렇게나 오래 걸리는지 그때 처음 알았지. 다행히 그렇게 아프진 않았는지 넌 울지는 않았지만, 지금도 손톱을 깎을 때마다 그때가 기억나. 그렇게 작던 손톱이 이제는 제법 깎을 때 소리도 나고 한데 모아 버리기도 하니, 네게 신발을 신겨 줄 때나 너의 손톱을 깎아 줄 때면 네가 자라고 있음을 느껴.
무럭무럭 자라서 기특하기도 하지만, 너의 작은 발을, 작은 손을 조금 더 만져 보고 싶구나.

2015.10.19

월요일

오후

장을 보고 돌아와 보리차를 끓이고, 미역국과 반찬 몇 가지를 만들었다. 요 며칠 좀 대충 먹었더니 입맛이 없는지 밥을 잘 안 먹기에 정성껏 만들었다. 부엌에서 요리를 하는 동안 시호는 크레파스로 바닥도 칠하고, 벽도 칠하고, 냉장고도 칠했다. 크레파스는 스케치북에! 냄비 두 개 사이에서 왔다 갔다 하며 소리쳐 봤지만 어찌나 열심이던지. 밥과 국을 식히는 동안 시호와 나란히 앉아 아이가 찢어 놓은 동화책을 테이프로 붙였다. 네 조각난 종이를 그림과 그림이 맞닿게 조심스럽게 놓고, 최대한 티 안 나게 튼튼히 붙여 주었다. 밥은 잘 먹었다. 미역국도 감자당근조림도 계란말이도 모두 그 작은 입으로 꼭꼭 씹었다. 장을 보고 밥을 만들고 찢어진 동화책을 붙이는 이 일련의 일들이 지금 내게는 중요하다. 가사 노동이 하찮게 느껴질 때 육아의 감정은 하염없이 가라앉는다는 걸 몇 번 경험했기에 자꾸 마음을 다잡아 본다. 내가 맡은 일을 오늘도 잘했고, 내일도 잘해 볼 거라고.

2015.10.21

마음 같아서는 더 자주 가고 싶었지만 올해 마지막 캠핑이 될 것 같다. 내년 봄에 캠핑을 가면 또 얼마나 좋아할지.

시월 캠핑

그때는 이런저런 말도 하겠구나.

2015.10.28	아이의 말과 행동이 다양해지고 같이 할 수 있는 게 점점 더
	많아지면서 아이에게 추억을 받고 있다는 느낌이 든다.
추억	출산하고 나서 한참 동안 내 모습이 싫었다. 출산 전에는 내가

날씬하고 나름 봐줄 만했던 것 같다는 생각이 자꾸 들었다.

후줄근한 내 모습이 거울에, 카메라에 비치는 게 싫었다.

하지만 이제 내 모습을 좋아하기로 했다. 시호가 내게 만들어

주는 지금의 시간들처럼 십 년 이십 년 후에는 현재의 나,

<젊은 엄마>였던 내 모습이 무척이나 그리울 것 같다는 생각이

들었다. 아이를 안아 내 얼굴과 아이 얼굴을 맞대고 거울을 본다.

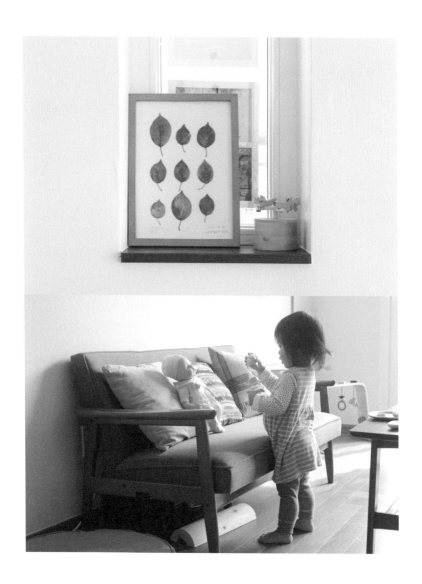

2015.11.6

사랑들

시호도 아팠고, 연이어 나도 몸이 성치 않아 집에만 있은 지
2주가 다 되어 간다. 아기 때에 비하면 확실히 수월한 육아임에도
하루 종일 집에만 있는 게 더 답답하고 우울하게 느껴졌다.
육아와 살림을 하면서 마음이 더 급해진 것 같다. 설거지할 때나
밥을 차릴 때, 청소할 때도 애가 보챌까 봐 혹은 보채고 있어서
스스로에게 빨리빨리 재촉한다. 나부터가 나를 보채고 있는
꼴이다. 마음에 여유가 있는 사람이 되고 싶다.
그에 반해 무럭무럭 밝게 자라는 나의 아이와 러스티, 나의
사랑들. 이것저것 집 정리하다가 발견한 토끼 머리띠를 씌우니
영락없이 귀엽고 통통한 토끼다.

2015.11.11

나비야 안녕,
다음에
또 보자

기저귀와 물티슈가 떨어져 간다. 요즘 들어 듬뿍 발라 주는 아이 로션도 곧 다 쓸 것 같고 쇠고기와 김, 우유와 치즈도 사야 한다. 아껴 바른다고 했지만 손가락으로 통 속까지 싹싹 긁어 봐도 나오는 게 없는 내 크림 통이 밉다. 아이를 키우고 살림을 하는 데 들어가는 지출이 꽤 크다. 생필품들은 주기적으로 동이 나고, 웬만하면 좋은 거 먹이고 싶은 마음으로 식료품들을 장바구니에 담으면 지갑에서 돈이 꽤 나간다. 혼자 벌어 우릴 먹여 살리는 남편에게 미안하다. 이사 가고 다음 달에는 더 아껴야겠다, 꼭.

시호는 하루가 다르게 말이 늘고 있다. 잠들기 전에는 어느 정도 <대화>를 하다가 자곤 한다. 어젯밤에는 자기 전에 아이에게 말했다. 시호랑 이야기하니깐 너무 재밌다. 나중에 커서도 엄마랑 이야기 많이 하자, 알았지? 말주변도 없고 말수도 많지 않은 엄마지만, 잘 들어 주는 엄마가 되고 싶다. 고민이 있거나 힘들 때 털어놓을 수 있는 엄마가 되어야지.

요즘 시호가 하는 말들을 적어 본다.

엄마 나가자(내가 아침에 못 일어나 정신 못 차릴 때).

엄마 도와주세요.

엄마 사랑해(주로 내가 말해 달라고 시킴).

엄마 같이 먹어. 엄마 같이 놀자.

나비야 안녕, 다음에 또 보자(SK주유소를 지나가며).

콧구멍(책 제목) 안 돼, 무서워.

러띠야, 같이 보자. 여기 앉아 같이 먹자.

아주 오랫동안 잊고 있던 예쁜 말이 시호에게서 나온다.

많이 들려줘서 고맙다.

날이 많이 추워졌다. 올해도 얼마 남지 않았다. 아이의 두 살도
이제 끝나 간다.

2015.12.4   12월 1일, 하루가 다 갈 때쯤 12월이 된 걸 알았다. 31일까지
             있음에도 유난히 빨리 지나가는, 일 년 중 가장 늦은 달. 중순쯤이
12월   되면 올해를 다시 돌아보고 내년 계획이나 희망을 가져 보겠지.
             내년 봄부터 아이를 어린이집에 보낼 생각인데, 그로 인해 얻게
             되는 나의 시간 동안 하고 싶은 게 열 손가락에 꼽고도 남는다.
             벌써부터 알차고 바쁘게 보내야지 하며 다짐한다.

눈 온 날.

다음엔 눈이 오면 꼭 나가서 놀자.

2015.12.8

오후 4시

시호는 요즘 보통 2시부터 4시까지 낮잠을 잔다. 공교롭게도 그 시간은 해가 들어오는 시간이다. 집 안 정리와 청소를 하고 빨래를 널고 냉장고를 열어 저녁거리를 확인한다. 짬이 날 때는 차를 마시며 햇빛을 조금 쬔다. 아이와의 외출이 직장인들의 점심시간과 겹칠 때면 가끔 향수에 젖거나 군중 속의 외로움 같은 걸 느낀다. 오늘 점심에 갔던 스타벅스에서 아이를 안고 바나나를 계산하면서도 그랬는데, 전업주부가 된 지 2년이 다 되어 감에도 불구하고 여전히 그런 느낌을 받는 내 자신이 좀 웃겼다. 내년이 되면 하고 싶었던 유아 관련 일을 시작하려고 하는데 아이가 어린이집에 가 있는 시간 동안 일을 다 감당할 수 있을지는 미지수이다. 하지만 여태까지의 육아가 그랬듯, 무엇이든지 닥치면 하게 되어 있다는 것을 이젠 경험을 통해 안다. 그것이 육아가 내게 준, 이전에는 내게 없던, 무대뽀라는 것이다.

내년에도 잘 부탁한다, 무대뽀여.

158

2015.12.15

여행

지난 수요일 밤, 푸켓에 도착했다. 그리고 오늘 밤에 한국으로 돌아간다. 여행 전엔 정말 떨렸다. 오랜만에 가는, 그리고 아이와 처음으로 가는 해외여행인지라 설레고 또 그만큼 걱정도 됐다. 여행지와 숙소를 선택할 때도 고민을 많이 했고, 짐을 쌀 때도 몇 번을 확인했는지 모른다. 해외 갈 때 햇반, 누룽지, 아기카레와 같은 인스턴트를 챙겨 가는 것도 처음이었다. 행여나 아플까 봐 약도 한 무더기 챙기고 샌들과 튜브도 사는 등 자잘한 준비를 했다. 그리고 아이에게도 며칠 있으면 바다를 보러 간다고 몇 번을 말해 주었다.

일주일의 여행 동안 나는 하루에도 몇 번씩 아이와 남편에게 고마웠다. 남편이 열심히 번 돈으로 여행을 온 것도, 아이를 전담해 봐주는 것도 말은 하지 않았지만 지난 2년 반 동안 임신과 육아를 한 나에게 수고했다고 하는 것 같았다. 잘 먹고 잘 놀고 아프지 않고 내리 밝은 모습을 보여 준 나의 딸에게도 고맙고 대견했다. 이제 제법 컸구나. 캠핑도 여행도 더 데리고 다녀도 되겠다. 나에겐 좀 과분했고, 고맙고 행복했던 일주일이었다. 돌아가면 힘들다는 생각보다는 감사하다는 생각을 하려고 노력할 거다.

러스티, 기다려라, 곧 간다!

2015.12.29

겨울의 집

요즘엔 주로 집에서 시간을 보낸다. 오랜 섀시 사이로 바람이 솔솔 들어와서 오늘은 큰마음 먹고 난로를 샀다. 난로를 켜면 좀 더 따뜻하게 겨울을 날 수 있겠지. 이사 온 지 한 달 좀 넘었다. 물건들은 얼추 자리를 잡았다. 나는 이 집에서 좀 추운 공간인 부엌에서 하루 세 번 밥을 한다. 아침에 눈을 뜨면 제일 먼저 따뜻한 감배차를 아이에게 먹이고 사과를 깎고 고구마나 감자를 삶고 커피를 내린다. 가끔 주먹밥을 하거나 토스터기에 빵을 데우기도 한다. <시호 방>이 생긴 시호는 아주 가끔 자기 방에서 혼자 놀고, 우리에게 <엄마 아빠, 시호 방 가자>라고

자주 말한다. 네 식구 모두 한 침대에서 같이 자고 같이 뒹군다.
낮은 매트리스에서 같이 방방 뛰고 서로 간지럼 태우며 논다.
거실에선 블록도 쌓고 그림도 그리고 점토놀이도 하고 인형
숨기고 찾기 놀이를 한다. 아이가 잠들고 나면 남편과 나는
맥주를 마시거나 책을 보거나 컴퓨터를 하거나 영화를 본다.
매일 비슷한 그런 하루하루가 쏜살같이 지나가고 새로운
일주일이 또 시작된다.
작년과 크게 달라진 점이 있다면 작년에는 하루가 빨리 지나가길
바랐다면 올해는 시간의 속도가 늦춰지길 바랐다는 거다.

아이가 자란다.

2015년, 시호는 엄마에게 많은 기쁨과 행복을 주었고, 엄마도
시호를 정말 많이 사랑했다는 것을 기억하자.

2016.1.4

나눠 먹어

형제자매 없이 혼자 크고 있는 시호에게 러스티가 조금이나마 나눔을 가르쳐 주는 것 같다. 어릴 적부터 가급적 고구마 같은 아이 간식은 나눠 먹게 해서인지 요즘엔 간식을 주면 러스티를 먼저 주고 <러띠, 내가 줄게. 러띠 하나 시호 하나>라고 말하기도 한다. 시호를 물질적으로는 조금 부족하게 키우고 싶다. 장난감이든 책이든 옷이든 뭐든 많고 풍족하다면 그 소중함을 모르고 그 기쁨을 잘 모를 것 같다. 장난감이 많을수록 아이는 욕심이 많아진다고 한다. 그래서 되도록이면 장난감은 물려받거나 대여점에서 빌린다. 동화책은 중고 서점에 가서 직접 내용을 보고 산다. 옷 또한 물려받은 것 위주로 입히고, 가끔 엄마의 취향이 가미된 세일 상품을 사준다. 시호가 조금 서운해 하려나. 대신에 우리가 함께 보내는 시간, 네가 뛰놀 수 있는 환경, 재미있는 여행 같은 건 많이 많이 주도록 노력할게.

2016.1.7	여전히 아이와 놀아 주는 것에 자신이 없다. 시호도 나보다
	아빠와 노는 걸 훨씬 좋아한다. 잘하는 게 산책시켜 주는
사랑	거였는데, 요즘엔 너무 추워서 그것도 잘 못 해 준다. 하루 종일

여전히 아이와 놀아 주는 것에 자신이 없다. 시호도 나보다 아빠와 노는 걸 훨씬 좋아한다. 잘하는 게 산책시켜 주는 거였는데, 요즘엔 너무 추워서 그것도 잘 못 해 준다. 하루 종일 같이 있으면서 그나마 잘하려고 하는 건(아니, 이건 마음속에서 우러나오는 행동이긴 하다) 꼭 안아 주는 것과 사랑해라고 말하는 것 그리고 뽀뽀인데, 그러면 요 녀석도 씩 웃으면서 좋아하는 게 보인다. 재미있는 엄마는 못 되지만 사랑을 줄 수 있어 다행이다.

아이를 키우고, 살림을 하면서 가끔 멈칫할 때가 있다. 오래전에 봤던 영화가 희미하게 떠오르듯이 엄마 아빠가 생각날 때이다. 추운 날씨에 시호가 차 안에서 행여 추울까 봐 시동을 걸고 히터를 켜는데 문득 어릴 때 아빠가 히터를 틀어 주었던 게 생각났다. 사춘기였던 나는 답답한 공기가 싫다고, 끄라고 짜증 어린 말투로 말했다.

시호가 배가 아프면 나도 모르게 엄마가 나한테 했던 것처럼 <엄마 손은 약손> 노래를 부르면서 배를 문질러 주는데 그럴 때면 그때 우리 엄마 손길이랑 냄새랑 분위기가 문득 떠오른다. 어디선가 들었던 것 같은 음악은 알고 보니 아버지가 어릴 때 틀어 주었던 것이었고, 시호가 내 속살을 만지면서 자면 내가 엄마 팔을 만지며 자던 포근한 느낌이 떠오른다. 이런 것들이 나 어릴 때 엄마 아빠를 보고 싶게 만든다.

2016.1.12

오후

아이의 낮잠 시간이다. 희뿌연 창으로 해가 들어오고, 그 위로 조금 전 시호와 내가 크레파스로 그린 그림이 어지럽게 반짝인다.

많이 참고 기다려야 한다는 걸 안다. 이것저것 아무것이나 해달라고 해도, 한 숟가락 먹고 뱉어 내도, 음식으로 장난쳐 식탁에 엉겨 붙어도 참아야 한다. 분명 무너질 블록 쌓기나, 딱 꽂으면 들어가는 듀플로 레고로 한참을 끙끙거리는 모습에도 많이 기다려야 한다는 걸 안다. 기다리고 참는다는 건 어렵고 또 그만큼 중요한 것 같다.

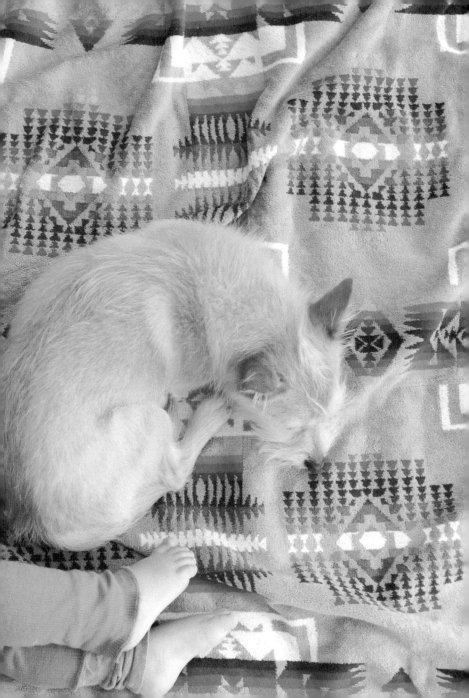

2016.1.21

골목대장

주말에 제주에 다녀왔다. 이번엔 러스티도 동행했다.

많이 뛰놀게 해주고 싶었는데 날씨 운이 안 따라 줘서 밖에서

지냈던 시간이 적었다. 바람도 어마어마했고, 비도 계속 왔다.

쌀알처럼 떨어지던 눈은 마치 우박 같았다. 그래도 제주가 좋았다.

길에서 만난 리트리버와 진도가 섞인 것 같은 개와 러스티

사이에서 시호는 연신 웃었는데, 사진을 찍어 놓고 보니

골목대장 같다. 햇빛 많이 받고 흙 많이 밟으며 크렴, 우리 딸.

2016.1.22

목요일

직장 다닐 때 내가 제일 좋아하던 요일인 목요일이다. 다음 날들이 금토일이어서 목요일 저녁이 되면 기분이 좋았다.

돌이켜 보면 직장인일 땐 쉬고 싶었던 적이 많았다. 아침부터 저녁 혹은 밤까지 종일 한자리에 앉아서 주로 했던 일은 엑셀로 데이터 돌리고, 틀린 거 없나 보고 또 보고, 어떻게 하면 파워포인트로 그럴싸한 자료를 만들까 고민하는 것이었다. 나름대로 열심히 하는 사람이었지만, 일로서 성취감 느끼고 일 자체를 사랑하는 멋진 직장인은 아니었다.

한 친구는 내가 임신했을 때 이렇게 말했다. <네가 임신할 줄은 몰랐다. 네가 애를 키우는 게 상상이 안 된다.> 어떤 친구는 내가 애 키우는 걸 보고 <많이 변한 것 같다. 예전에 내가 알던 성격이나 모습과는 많이 달라졌다>고 했다. 또 어떤 친구는 요즘의 나를 보고 <어쩌면 전업주부가 체질일 수도 있겠다>고 했다. 2년 동안 그렇게 변했다. 내 생각에는 사람이 어떤 환경에 어느 정도 적응하기까지는 대략 2년이 걸리는 것 같다. 더 이상 아이가 낮잠을 자는지 안 자는지가 이젠 중요하지 않은, 그런 목요일이 지났다.

2016.1.25	어린이집 보내는 걸로 머리가 복잡하다. 두 돌부턴 어린이집에
	보내려고 결심했었는데, 나의 소심한 성격과 아이의 소심한
생각	성격이 한데 어우러져 걱정이 커졌다. 맞벌이도 아니고 아이도

어린이집 보내는 걸로 머리가 복잡하다. 두 돌부턴 어린이집에 보내려고 결심했었는데, 나의 소심한 성격과 아이의 소심한 성격이 한데 어우러져 걱정이 커졌다. 맞벌이도 아니고 아이도 하나라 선택의 여지도 없다. 지금으로선 시설이건 먹을거리건 놀이건 따지기보다 그저 담임 선생님이 좋은 사람이면 괜찮을 것 같다. 일단 믿어 보는 수밖엔 도리가 없다. 아이는 지금까지 줄곧 나와 함께 있었지만 조금 뒤면 내 품에서 벗어날 것이다. 앞으로 네가 커갈수록 나와 함께 있는 시간보단 그렇지 않은 시간이 점점 더 늘어나겠지. 마음이 대범하지 않은 나에게

<일단 믿어 보는 수밖에>라고 되뇌야 할 때가 많아질 것이다. 날이 좀 춥다. 분갈이도 하고 환기도 시켰다. 앞치마 동여매고 청소하고 보리차 끓이고 저녁거리를 좀 준비해 둔다. 시호는 낮잠 자고 일어나 러스티와 뒹굴거린다.

2016.1.29   내 머리를 감겨 주는 시늉을 하며 <아, 착하다> 한다.

내가 가위질을 하거나 그림을 그리면 <엄마 잘한다> 한다.

너에 대해   <그림 뭐 그려 줄까?>라고 물어보면 제일 먼저 <어흥 사자>,

외출했다가 돌아오면 러스티한테 <러띠 반가워, 나 왔다>,

지나가는 버스를 보며 <버스야, 안녕! 나는 붕붕이 타고 간다>,

<엄마는 뭐뭐 해야지>라고 먼저 말하면 <나도나도! 나도오!>,

요리를 하거나 집안일을 하면 <내가 도와줄게, 내가 고쳐 줄까?>,

내가 비누 거품을 내서 세수를 하는 걸 보고 <엄마 조심해>,

간식을 가져다 주면 <우와!>, 스스로 뿌듯한 행동을 할 땐 <짜잔!>,

최근엔 <내가>, <나도>, <하고 싶어>, <먹고 싶어>란 말을 한다.

<행복해>, <재밌다>, <속상했어> 같은 감정 표현도 제법 한다.

파란색이랑 비눗방울을 좋아하고, 어두운 곳이나 검은 색종이, 구름은 무서워한다. 그리고 나에게 부쩍 안겨 있고 싶어 한다. 품에 안겨 한 손은 내 옷 속에 넣고 다른 손 손가락은 입에 넣고 빨 때 가장 안정을 느끼는 것 같다. 남편이 퇴근하고 집에 오면 <아빠다! 아빠아빠!>라며 쪼잘거리며 춤추며 한차례 환영식을 한다. 강아지를 좋아하는데 시호에게 러스티는 우리 가족인 러스티이고, 다른 개들은 멍멍이다. 또래 아이들과 어울릴 때면 쥐고 있는 걸 대부분 뺏기고, 제 장난감도 <내 꺼야!>라고 강하게 이야기 못 한 채 울먹이며 참는다. 그런 모습을 보면 조금 속상하지만, 우리 아가도 내면에서 자기 스스로를 더 단단하게 만들어 갈 것이라 믿는다.

2016.2.17

겨울 산책

남편이 퇴근을 하고 시호와 놀아 주는 동안 남편이 먹을 저녁을 준비한다. 남편이 식사를 마치면 설거지를 하고 싱크대와 식탁을 젖은 행주로 닦고 그날의 쓰레기를 정리한다. 분리수거 할 것을 들고 크고 두꺼운 점퍼로 몸을 감싸고 러스티와 둘이 나간다. 러스티는 언제부터인가 집에 있을 땐 볼일을 보지 않고 하루 종일 참았다 밖에 나갈 때 해결했다. 처음엔 밖에서 배변 처리 하는 게 좀 귀찮기도 했다. 특히 추운 날에는 더 그랬다. 그러다 매일 나가서 볼일을 보게 하는 게 우리도 습관이 되었다.

녀석을 풀어 놓고, 차가운 공기를 들이마신다. 하루 종일 이리저리
쓰였던 나의 몸도 한번 쭉 펴본다. 천천히 걸으면서 생각다운
생각도 좀 해본다. 러스티 덕분에 내 시간이 생긴 것이다. 요즘
산책이 그렇다. 좋다.

2016.2.18

2년 후

오늘도 꽃

2년 전 아이 낳기 전날 만삭의 몸으로 버스 타고 꽃 시장에 갔었다. 한참 구경하고는 꽃을 한 아름 안고 와서 참 행복해했던 내 모습이 생각났다. 오늘은 딸과 손을 잡고 다녀왔다. 함께 꽃을 구경하고 집으로 돌아와 함께 꽃을 꽂았다.

이거는 튤립이야. 하얀색 튤립. 이따가 아빠가 오면 시호가 말해 줘. 시호가 고개를 끄덕인다. 첫 돌 때도 그랬고, 두 돌이 되어도 그렇다. 아니, 매일이 감회가 새롭다. 집 안 곳곳에서 유칼립투스 향이 난다.

2016.2.22	매주 월요일에는 백화점에 간다. 처음으로 문화 센터 프로그램을 신청해서 듣고 있는데, 아이도 좋아하는 것 같다. 특히 끝날 때
매주	해주는 비눗방울 놀이와 손등 도장 찍어 주기를 기다리는
월요일이면	눈치다. 오늘은 밥하기 싫어서 딸과 둘이 점심 외식도 했다.

백화점은 왠지 모르게 기가 빠지고 피로해지는 곳이다. 날씨가 따뜻해지면 밖에서 뛰놀게 해주고 싶다.

최근 다시 회사에서 일을 해볼 생각이 없느냐는 정말 흔하지 않은 제안이 왔었다. 생각하지도 않았던 거였고, 또 회사가 집에서도 가까워서 더욱 고민이 됐다. 공백기가 2년인 내게 어쩌면 마지막이 될 수도 있는 제안이었다. 아이를 재울 때도, 밥을 차릴 때도 내가 회사에 들어가면 얼마를 벌지, 그럼 지금보다 무엇을 더 살 수 있는지 등등 계속 생각이 떠나질 않았다. 삶이나 일보다는 돈에 대한 생각을 많이 했다. 또 바보같이 그 회사의 지명도 생각했다. 어, 나 일 그만두고 애 키우다가 ㅇㅇ에 들어갔어. 그러면 왠지 좀 으쓱할 것만 같았다. 자꾸만 고민하고 생각을 번복하는 내게 남편이 물었다. 회사 생활을 하고 싶냐고. 네가 하게 될 그 일을 좋아하냐고. 아니었다. 사실은 다른 것을 해보고 싶었다. 결론은 간단했고, 마음은 편해졌다. 애 봐야 해서, 애 봐줄 사람이 없어서, 친정엄마에게 맡기기 미안해서, 시호를 위해서 회사에 안 들어가는 것이 아니라 내가 하고 싶은 다른 일을 찾았기 때문이다. 스스로 더 부지런해지고 꾸준해져야겠다고 다짐해 본다.

2016.2.24

2월

베란다에 나간 나에게 문 열고 고개를 빼꼼 내밀어 <엄마, 나도
나가도 돼?>라고 묻는다. 뭔가를 부탁할 때 <나도 이거 해보면 안
될까요?>라기도 한다. 내가 색연필을 쥐고 그림을 그리면 <이거
내 거잖아>라고 했다가, <그렇구나! 엄마가 써도 돼?>라고 답하면
굉장히 선심 쓰듯이 <응, 해봐>란다. 특별할 것 없는 단어 하나하나
문장도 내 아이 입에서 처음 나오는 건 뭐든지 신기하다. 특히
<나가도 돼?>와 <안 될까요?>는 잠자리에 들 때도 생각이 나서
혼자 웃는다.

2월의 일상들을 틈틈히 찍고 있다. 이제 2월도 닷새 남았다.

2016.3.4

**엄마 밥
먹은 날**

기운이 없는 날에는 엄마에게 전화를 한다. 엄마에게 솔직한 편은
아니다. 어릴 때부터 엄마에겐 잘한 것이나, 좋은 것만 말하려고
했다. 속상하거나 잘못된 일에 대해서는 잘 말하지 않았다.
터놓고 작은 일까지 다 말하지도 못했다. 그러기엔 엄마에겐
자식이 셋이었고, 힘들고 버거우셨을 것이다. 엄마가 눈물을
보이며 그 작고 동그란 어깨를 들썩거릴 땐 심장이 두근거렸고,
손바닥엔 땀이 났다. 그렇지만 여전히 내가 힘들고 상처받았을
때 제일 먼저 생각나는 사람이다. 시시콜콜 말하지 않고 목소리만
들어도, 그리고 손수 지어 주신 밥만 먹어도 기운이 난다.
얼마 전 시호 앞에서 울었다. 시호는 내게 <엄마, 울지 마>라고
하더니 어디론가 뛰어가서 산타 할아버지 피규어를 가지고
와 내게 건넸다. <울면 안 돼> 노래를 기억해 내고 준 거였다.
나는 아이에게도 위로받고 있다.
미안해. 엄마가 좀 더 단단해질게.

2016.3.7   엄마와 아빠가 조금씩 꾸며 준 시호의 방.

                좋아해 주니 좋네.

아이 방   있는 건 별로 없지만 이곳에서도 재미있게 놀자.

2016.3.8

3월의 집

아이를 낳고 주부가 되면서 집에 대한 애정이 조금 남달라졌다.
연필꽂이에 펜을 가지런히 꽂아 놓고, 가끔 식물을 물꽂이해서
놓아 두고, 좋아하는 사진을 고심해서 골라 액자에 놓아 두는
것들, 이런 것들이 좋다.

2016.3.11

화

아이에게 처음으로 크게 화를 냈다. 변기가 고장 나서 그걸 고치고, 수리해 주신 아저씨에게 돈을 이체하는 동안 거실에서는 조잘거리는 아이 목소리가 들렸다. 다 끝나고 가보니 아이는 벽에 자기가 제일 좋아하는 파란색으로 너무나 즐겁게 그림을 그리고 있었다. 며칠 동안 쌓여 왔던 스트레스와 좋지 않은 컨디션, 변기 고치는 값으로 나간 돈 5만원에 대한 화가 아이에게 나갔다. 너 왜 벽에다 그림을 그려! 엄마가 종이에 그리랬지!

크레파스를 죄다 뺏고 물티슈를 가져와 벽을 닦았다. 놀란 아이는 눈이 휘둥그래져서 엉엉 울었다. 나는 달래 주지도, 안아 주지도 않고 벽만 닦았다. 가뜩이나 감기로 콧물이 많이 나는데, 우느라 더 눈물 콧물 범벅이 된 아이가 <엄마 안아 줘, 엄마 안아 줘> 하면서 나를 찾는데도 한동안 안아 주지 않았다. 너무 화가 났고 동시에 너무 미안했다. 책에 나와 있는 대로 감정적으로 하지 않고 잘 설명해 주면 된다지만 그 순간 <그림 너무 멋지다. 그런데 이제 여기에 그려 볼까?>라며 종이를 내미는 건 정말 어려웠다.

아이를 안고 <엄마가 아까 너무 화내서 미안해, 속상했지>라고 하니 아이는 <응>이라고 답하며 내 품에서 울었다. 나처럼 물티슈를 가져와 그림을 닦아도 본다. 못나고 부족한 엄마였다. 시간이 좀 지나고 아이가 그린 그림을 보니 제법 예쁘다. 오늘 당장 큰 종이를 벽에 붙여 줘야겠다.

2016.3.14　　　주말 내내 집에만 있었다. 온 가족이 감기에 골골 댔다. 이번

　　　　　　　감기는 좀 지독하고 오래가는 것 같다. 감기만 걸려도 이런데

처음　　　　　다른 병이라도 걸리면 얼마나 힘들까 하고 몇 번이나 생각했다.

　　　　　　　콧물이 조금 나는 아이를 어린이집에 데려다 주었다. 오늘부터는

　　　　　　　엄마랑 같이 들어가는 게 아니고, 현관에서 빠이빠이 인사를

　　　　　　　하며 헤어져야 했다. 친구들이랑 선생님이랑 놀고 맘마 잘

　　　　　　　먹으면 엄마가 데리러 올게. 외운 듯이 그 문장을 계속 이야기해

　　　　　　　주었다.

　　　　　　　씩씩하게 할 수 있지? 응!

　　　　　　　막상 어린이집 현관에서 내가 뒤돌아서니 조금 칭얼댔지만,

　　　　　　　이내 마지못해 약간 당황스러운 표정으로 손을 흔들었다.

　　　　　　　돌아 나오는데 코끝이 시큰했다. 25개월 만에 처음으로 이렇게

　　　　　　　떨어져 있는데 많이 울진 않았는지, 장난감 가지고 다른 아이들과

　　　　　　　다투진 않았는지, 간식과 밥은 잘 먹었는지 궁금하다. 조금 후에

　　　　　　　만나러 가면 꼭 안아 주고 뽀뽀해 주면서 잘했다고 칭찬해 줘야지.

　　　　　　　잘했어, 우리 딸.

2016.3.17

봄

창을 모두 열고 환기를 시켰다. 겨우내 텁텁했던 공기가 맑아지는 느낌이다. 바람이 불어 커튼이 조금씩 움직이는 모양과 열어 둔 창문 사이로 들어온 햇빛을 물끄러미 바라보았다. 실로 오랜만에 느껴 보는 여유였다. 지난주에는 어린이집 입소를 위한 준비물을 챙겼다. 칫솔과 치약, 로션과 수건 등에 아이 이름을 최대한 정성껏 썼다. 곱게 포개서 지퍼 백에 담아 놓는데, 기분이 묘했다. 낮잠 자는 아이의 볼에 입을 맞췄다. 따뜻하고 뽀얀 아이에게서 도시락 냄새가 나네. 적응 기간을 잘 보내고 부디 즐거운 생활이 이어지면 좋겠다.

너도, 나도 그리고 많은 이들이 새로운 시작을 하는, 봄이다.

2016.3.28

월요일의
시간

아이는 어린이집에 다니고 있다. 내가 아닌 선생님의 보살핌을
받고 또래 아이들과 손잡고 산책하고 밥도 먹고 있다. 아직은
썩 즐거워하지는 않지만, 그곳에 가는 것을 이제 받아들인 것
같다. 간혹 <엄마는 어디 가? 엄마는 언제 와? 엄마가 빨리 보고
싶었어>라는 말들을 들을 때는 한없이 미안하지만 안경 쓴
선생님(담임 선생님)이 좋다고 하니 마음이 좀 놓인다. 한 아이만
보는 것도 힘든데 여러 아이를 보살피고 돌봐 주는 그분이
고마워 나도 모르게 손을 잡고 감사하다고 했다. 이렇게 주어진
내 시간을 부지런히 써보려고 노력 중이다.

아무리 생각해도 제일 맛있는 건 엄마 밥이라 가끔 엄마에게 가서
요리를 배우기로 했다. 이날은 나물 두 개, 멸치 볶음과 열무김치,
뭇국을 배우고 왔다. 내가 엄마에게 배우고, 엄마는 나를 가르쳐
주고, 그런 게 좋았던 시간이었다.

2016.3.30	아이는 왜 이렇게 나를 좋아할까. 아이를 낳고 가끔 드는
	생각이다. 나는 자기애와 자신감이 부족한 사람이고 안정감도,
우주	여유도 없을 때가 많은데 아이는 내 품에 안기면 여전히 좋아한다.

<사랑해, 정말 사랑해>라고 말하면 세상 다 얻은 것 같은 표정을
짓는다. 엄마가 되기엔 부족한 점이 많은 나를 이렇게 믿고 사랑해
준다는 게 고맙고 과분하다.

시호는 우주를 좋아한다. 만화에서 본 우주에 날아가고 싶다고
한다. 조금 더 크면 언젠가 갈 수 있을 거라고 말해 주니, 밥 먹고
쑥쑥 커서 가고 싶다고 말한다. 어쩌면 배 속에서 네가 생겨났을
때부터 나와 너는 서로에게 우주가 아니었을까 생각해 본다.

지금의 내가 너에게 세상 전부이듯이, 너는 지금도 앞으로도
나에게 그런 존재야. 아이의 열나는 이마를 짚어 보며 말해 준다.

| 2016.4.25 | 매일 아이와 함께 걷는 길에 있는 나무들이 어제와 다르고, 내일도 또 달라져 있을 걸 생각하면 놀라곤 한다. |
| 4월 | 아이 방에 둔 화분은 물 주기를 조금만 게을리해도 축 처져 버리는데 그제서야 물을 주면 다음 날 곧게 서 있다. 아마 밤새 부지런히 움직였겠지. 봄은 그런 계절인가 보다. 나이 서른넷에 이제서야 느끼고 본다. |

2016.4.27   가끔 정말이지 한순간도 놓치기 싫을 때가 있는데,

오늘 낮잠을 아주 잘 자고 일어난 시호와 러스티의 모습들이

아름다운   그랬다. 자꾸만 해도 또 하고 싶은 그 말,

순간   사랑해.

2016.5.11

엄마

싱크대 벽을 수세미로 벅벅 닦았다. 가스레인지 후드에 수북이 앉은 먼지도 닦고 창틀에 낀 물때도 씻어 냈다. 젊은 엄마와 아가인 내가 바다를 보고 있다. 수영복 대신 수건을 비키니처럼 둘러 주셨는데, 그 발상도 귀엽다. 엄마는 무언가 나에게 말해 주고 있다. 모래에 대한 걸까, 파도에 대한 걸까, 바다에 무엇이 있는지 얘기해 줬던 걸까.

어제는 엄마가 응급실에 가셨다. 남편이 응급실에 가고, 나는 어린이집에 아이를 데리러 가야 했다. 아이는 땅에 고인 물을 발로 튕기며 즐거워했다. 나의 엄마는 응급실에 있고, 나는 웃는 아이를 돌봐야 했다. 주머니에 있는 휴대폰을 손에 꼭 쥐고 있었다. 다행히 큰 병은 아니었다.

엄마는 집으로 돌아왔고 온 가족은 가슴을 쓸어내렸다.

내가 좋아하는 저 사진을 보면서 엄마가 너무너무 보고 싶다고 펑펑 울 날이 오겠지. 언젠가는 올 것이다. 그날이, 아주 늦게, 이 일이 잊혀지고 나서도 훨씬 후에 왔으면 좋겠다.

엄마를 보러 가야겠다.

맺음말

아이의 이마를 짚어 본다. 날씨가 갑자기 더워지고 그래서 찾아온 감기에
아이는 자면서도 뒤척이며 힘들어한다. 뜨거운 이마 위에 손을 얹고 <힘들지.
내일은 낫자, 시호야>라고 말하며 방을 나왔다. 빳빳하게 마른 아이의 옷을
개키고, 흩어져 있던 장난감을 한데 모아 정리했다. 아프면서 크는 거라지만
아이가 아플 때면 항상 마음이 좋지 않다. 할 수만 있다면 대신 아프고 싶다.
2년 남짓한 시간, 짧다면 짧은 그 시간 동안 나는 참 많이 변했다. 엄마가 된다는
건 힘들기도 하지만 나를 조금씩 다듬는 과정이었다. 나를 잃어버리는 것 같아서,
나의 시간이 없어서 속상했고, 점점 수척해지는 내 모습과 거칠어지는 손발이
야속할 때도 있었다. 그럴 때마다 아이의 손짓과 발짓, 아이의 목소리, 아이가
건네주는 모든 것들이 나를 보듬어 줬다.

출간 제의가 들어왔을 때 거듭 고민하고 되물었다. 과연 나의 육아 이야기를
다른 이들에게 보여 줄 만큼의 엄마인지, 시호가 나중에 커서 본다면 어떤
기분일지 걱정이 되었다. 그러다가 부담을 조금 내려놓았다. 나같이 준비되지
않은 평범한 사람이 엄마가 되는 과정을, 그리고 아이가 자라는 과정을 보고
사람들이 조금이나마 공감하면 좋겠다고 생각했다.
엄마로서의 삶이 나를 잃어버리는 거라고 더 이상 생각하지 않는다. 나는
앞으로 또 어떤 엄마가 될지, 시호는 그런 나를 어떻게 바라볼지 그 또한
설레고 궁금하다.

2016. 6.

시호와 러스티

지은이 백수현

발행인 홍유진 **발행처** 미메시스 **주소** 경기도 파주시 문발로 314 파주출판도시

대표전화 031-955-4400 **팩스** 031-955-4405 **홈페이지** www.mimesisart.co.kr

Copyright (C) 백수현, 2016, Printed in Korea.

ISBN 979-11-5535-088-1 03810 **발행일** 2016년 6월 20일 초판 1쇄 2016년 7월 15일 초판 3쇄

이 도서의 국립중앙도서관 출판예정도서목록(CIP)은 서지정보유통지원시스템 홈페이지(http://seoji.nl.go.kr)와
국가자료공동목록시스템(http://www.nl.go.kr/kolisnet)에서 이용하실 수 있습니다(CIP 제어번호: CIP2016013492).

이 책은 실로 꿰매어 제본하는 정통적인 사철 방식으로 만들어졌습니다.
사철 방식으로 제본된 책은 오랫동안 보관해도 손상되지 않습니다.